「あ〜気持ちいい〜。
王都には温泉なんてないから新鮮だよ〜」
「そうなのか？」
クロが隣でびっくりしていた。
離れたところではユーリアが湯舟の中で
ぷかぷか浮いている。

外の世界に行って、いっぱいいろんなおいしいものを食べてみたい！
クロ
獣人族の里に住んでいるケモミミ娘。剣の腕前は超一流。かなりの食いしん坊で、いつか世界中のおいしいものを食べたいと思っている
これ以上、人間にナメられるわけにはいかないのよ！
マリー＝ガーランド
魔王の娘。次期魔王候補として育てられた箱入り娘だが、いつか魔王城から飛び出し、冒険に出るのが夢。素直ではないが、実は優しい性格

私は冒険したい。このままじっとなんてしていられない
ミル＝アーフィリア
聖アーフィル王国の王女にして、聖なる能力《女神の巫女》の力を誇る聖女。王都の王城から飛び出し、冒険に出るのが夢だったが……
王都に行ってみたいです……いろんな魔法、勉強したいです
ユーリア＝ノイマン
魔王城近くの村で暮らしている少女。人見知りな性格だが、規格外な魔法の才能をその身に宿している。王都で魔法を学ぶのが昔からの夢

「うちにはお風呂はあったけど、
温泉じゃなくて大きな湯舟ってだけだったから」
それに露天風呂に入ったのも初めてだ。
あつあつのお湯につかって涼しい風を浴びることが
こんなに気持ちいいなんて初めて知った。

切り拓け！キミだけの王道
ファンタジア大賞
原稿募集中！
賞金
《大賞》300万円
《金賞》50万円
《銀賞》30万円
選考委員
細音啓「キミと僕の最後の戦場、あるいは世界が始まる聖戦」
橘公司「デート・ア・ライブ」
羊太郎「ロクでなし魔術講師と禁忌教典《アカシックレコード》」
ファンタジア文庫編集長
前期締切 8月末日
後期締切 2月末日
公式サイトはこちら！ https://www.fantasiataisho.com/
イラスト／つなこ、猫鍋蒼、三嶋くろね

チートすぎる

異世界でチート能力《スキル》を手にした俺は、現実世界をも無双する

～レベルアップは人生を変えた～

I got a cheat ability in a different world, and became extraordinary even in the real world.

著：美紅
イラスト：桑島黎音

幼い頃から酷い虐めを受けてきた少年が開いたのは『異世界への扉』だった！ 初めて異世界を訪れた者として、チート級の能力を手にした彼は、レベルアップを重ね……最強の身体能力を持った完全無欠な少年へと生まれ変わった！ 彼は、2つの世界を行き来できる扉を通して、現実世界にも旋風を巻き起こし――!? 異世界×現実世界。レベルアップした少年は2つの世界を無双する！

ファンタジア文庫

魔王にさらわれた聖王女ですが、
魔王城ぐらしがヒマだったので禁忌魔法で暴れます。

永松洸志

ファンタジア文庫

3278

口絵・本文イラスト　希望つばめ

魔王にさらわれた聖王女ですが、
魔王城ぐらしがヒマだったので
禁忌魔法で暴れます。
THE HOLY PRINCESS
MASTERED EVIL MAGICS
IN THE DEMON KING'S CASTLE.

プロローグ

本日は晴天！　絶好の冒険日和である。

鬱蒼《うっそう》とした森の中を一本のあぜ道が伸びている。冒険者なりたての少女――ミルはずんずんとその道を進んでいた。動きやすい軽装に腰には片手剣、肩からはバッグを下げた普通の冒険者だ。

ちなみに周囲の茂みからは血に飢えた獣の唸《うな》り声がいたるところから聞こえてくるし、上空では人を丸呑《まるの》みできそうな怪鳥が縄張り争いをしている。

うん！　絶好の冒険日和だ！

ミルはうーんと大きな伸びをした。こんなに危険がたっぷりな森の中を歩けるなんて。

目的地はこの先にある森の奥地にある村だ。できればゆっくりとこの冒険感を味わいながら行きたい。

「お嬢ちゃん、あの……大丈夫でしょうかね……茂みからずっと魔物がこっち狙っているような……」

ミルの隣を行商人のおじさんが歩いていた。さっき魔物に襲われていたところをミルが助けて、村まで同行することになった。

「うん！　大丈夫！　襲ってきたらわたしがなんとかするからっ」

ぐっと拳を握ってアピール。行商人のおじさんは不安そうな顔のままだ。

とその時、茂みから一匹の魔物が飛び出してきた。

見上げるほどの大きな熊だ。腕は人間の胴ほどもあり、手の先に伸びる爪は人間の首くらい簡単にかっ切れそうだ。頭を丸かじりできそうな口からは一対の凶悪な牙が伸びている。

「あっ、タイラントグリズリー！」

本で見たことがある。冒険者を喰《く》らう大熊の魔物、タイラントグリズリー。近隣の村で見かけたら必ずギルドで討伐依頼が出されるし、王国周辺で見られたら騎士団が派遣されて早急に討伐される高ランクの危険な魔物である。

そのタイラントグリズリーがこちらを見据え、ずしっ、ずしっ、と一歩ずつ地面を踏みしめ歩いてくる。

「ひ、ひぇぇ」

行商人のおじさんはその場で尻餅をついてしまっていた。

その間にタイラントグリズリーが肉薄する。ミルの周りの地面に影を落としていた。ほとんど真上にタイラントグリズリーの頭があった。

「でっかーい！」

意外と毛並みがごわごわだ。触ってみたら硬そうだ。

「お、お嬢ちゃん！　危ないよっ」

「グオオオオッ！」

おじさんの心配する声を掻《か》き消すようにタイラントグリズリーが吠《ほ》える。同時にミルを薙《な》ぎ払うように腕を振ってきた。巨大な爪がミルを狙う。

「ひえっ！」

隣で行商人のおじさんがこれから起こるであろう惨劇から目を逸《そ》らしていた。

ミルはすかさず剣を抜き――。

「グオオオッ⁉」

タイラントグリズリーの爪の一撃を剣で受け止めた。

「……………ひ、えええ⁉　お嬢ちゃん⁉」

行商人のおじさんの目からどう見えるだろうか。か弱い少女が巨大な熊の腕を片手剣一本であっさりと受け止める光景が見えているはずだ。

ミルはずしりと来るタイラントグリズリーの攻撃を受け止めながらにやりと笑い、

「よーしっ、この子をわたしのペットにしよっと！　めいっぱいかわいがるんだ～」

「えええええっ⁉　お嬢ちゃん何言ってるの⁉」

「グオオオオッ！」

激昂《げっこう》したのか続けて、頭を叩《たた》き潰そうとしてもう片方の腕を振り下ろしてきた。

「よっと、おっとっとと」

体をひねって軽やかに避《よ》けるミル。熊の体軀《たいく》が大きいから攻撃が避けやすい。

「熊さん、こっちこっち！」

「グオオオッ！」

さらに単調な攻撃を繰り返してくる。その全てを余裕でミルはかわし続けていた。

「お、お嬢ちゃん、本当に冒険者なりたて……？　すごすぎるよ」

行商人のおじさんの方に攻撃がいかないように注意しつつ、ミルは魔法を唱えた。

「スレイブチェーン！」

すると地面から伸びた黒い鎖がタイラントグリズリーの体をがんじがらめにしてしまう。

「グオオっ……っ」

タイラントグリズリーが暴れるたびに体に巻き付いた鎖がじゃらじゃらと音を立てる。

魔法の鎖だからそう簡単には千切れないだろうけれど、耐久性を試したことないからどうなるか――。

「グオオオオオオッ！」

バキン！

大きな声を上げたと思ったら両腕を広げて鎖を引きちぎってしまった。意外と強い！

しかしこっちには来ず、茂みを掻き分けて森の奥に四つ足で駆けて行ってしまった。

「ああ～、グリちゃん！」

命名、グリちゃん。

さすがに道もない森の中に考えなしに入っていったらこっちが迷子になりそうだ。ここは諦めるしかなさそうだ。

「まだ魔法覚えたてだから練度が足りないのかなぁ、もっと魔法使っていかないと」

「お、お嬢ちゃん……？」

後ろで行商人のおじさんがおそるおそるといったふうに話しかけてきた。

「あ、ごめんおじさん。気を取り直して行こう！」

「いやいや君、本当に冒険者みならい？　戦い慣れているというか……あんな魔物相手に余裕で戦えるなんて……この前寄った城塞都市の冒険者ギルドじゃそんな強い人なんていなかったよ……」

「え？　そうかな」

「怖くないの？　そもそもみならいって言うけどどこから来たんだい？」

実戦は初めてだったけど、今は初めての冒険でワクワクしてるから恐怖なんて感じる暇なかった。

「どこからって……」

難しい質問だ。出身は王都だけど、ここにいるのは王都から歩いてきたわけじゃない。

「城塞都市から？　だとしてもみならいが来ていい距離じゃないけど、そもそもみならい？　みならいって言うには剣技も魔法も凄腕《すごうで》冒険者だったけど、どこで習ったの？」

矢継ぎ早で話してきてちょっと困った。まあ隠すことでもない。

「わたし、魔王城から来たんだ。剣技と魔法はそこで——あっ！　ルプスウルスだ！　一匹ほしい！」

会話中、視界の端に映った魔物の群れを追っかけてあぜ道を駆け出すミル。

「え……魔王城？　いや、それよりちょっと待って！　置いてかないでくれ～」

行商人が慌ててミルに続いて走り出す。

——ミル＝アーフィリア。魔王城から来たから魔族——というわけではなくれっきとした人間で聖アーフィル王国の王女その人である。

現在、魔王城から抜け出し、遠く離れたふるさとである聖アーフィル王国の王都に向けて長い長い道のりを旅している。

遠く離れた故郷を目指しての過酷な冒険――なのだが。

「待て待て～」

「お嬢ちゃん！　待ってくれ～」

――絶賛、冒険者ライフを満喫中の王女ミル。

なぜ王女であるミルが冒険者になったのか。

それは一ヵ月以上前の話――………。

第一章 魔王城は不思議がいっぱいです！

聖アーフィル王国――聖王都ハイレム。

数多くの冒険者ギルドが存在し、聖アーフィル王国内では駆け出しの冒険者が最も多い。

なぜなら凶暴な魔物のほとんどは王都聖騎士団によって討伐され、周囲に生息する魔物は駆け出しでも倒せるものばかりだからだ。

そのため冒険者からは『はじまりの街』と称されていた。

しかし聖王都ハイレムにはベテランの冒険者も多い。

その理由はアーフィル王国第一王女にあった。


「先ほどの冒険者は活気あふれる潔《いさぎよ》い若者であったたな、ミルよ」

王の玉座に座る聖アーフィル国王はふわっとカールした白髭《しらひげ》を指で触りながら、隣の姫の玉座に座るミルに話しかけた。

「はい、お父様。私も冒険の話を聞いていてわくわくしました」

両手を合わせ黄色く笑う女の子は聖アーフィル王国の第一王女——ミル＝アーフィリア。

大きな深紅の玉座に不釣り合いなほど小柄で、幼い顔立ちをしている。その幼さゆえか、白を基調とした荘厳《そうごん》な法衣《ほうえ》はぶかぶかでまるで似合っていない。

国王陛下は、にこりと微笑《ほほえ》み返し、

「いつ聞いても冒険の話は良《い》いものであるな。まるで物語の一編を聞いているようだ」

「私も本当に剣を握り、魔物とにらめっこしているかのように感じました。外にはいろんな魔物がいるんですね」

「うむ、この王都周辺ではゴブリンやコボルトくらいしかおらぬが、ここより遥《はる》か西——魔王城にほど近き場所には山のような火竜がいるとも聞くな」

「山のような竜⁉」

がたっ、とミルは身を乗り出す。

「しかも火を吐くというらしくてな。いやいや近場に生息してなくて助かっ——」

「火を吐く山のような竜⁉　すごいすごい！　会ってみたい！」

我慢しきれなくなって、ミルは立ち上がって胸の前で拳をぎゅっと握りしめていた。

「これこれ、落ち着けミルよ。王都周辺にはおらんから会えるものではないぞ」

「うーん来ないかなぁ……火を吐く山のような竜……」

ゆっくりと玉座に腰を下ろし、頭の中で竜を妄想する。厚い皮膚に大きな鱗《うろこ》。大きな体躯にしっぽが長くて、巨大な口からは牙が生えており、岩をも切り裂く巨大な爪。そんな情報だけしかないから姿を妄想するしかできない。

童話や神話の中でしか聞いたことのない竜。存在していることは書物で知っていたが、実物を見たことはおそらく王都の騎士たちでもないのではないか。

「はっはっは、王都で見かけたら災厄と怖《おそ》れられるであろうな。しかし魔物に会いたいからと言って、城を抜け出すのは許されんぞ？」

人差し指を立て、忠告する国王陛下の言い分はもっともだ。仮に王女が外で魔物と対峙《たいじ》し、ケガでもしたら一大事だ。

外に興味を持たないおしとやかで慎《つつ》ましい性格の王女ならそもそもそんな忠告はいらないのだが、ミルは少し違った。

「でも護衛を付けてなら少しくらい外で魔物さんに会ってもいいですか？」

行けるなら外に行きたい。冒険者の話を聞くだけじゃなくて実際に好奇心を掻き立てられるような冒険をしてみたいとミルは思っていた。

「いやならんぞ。護衛を付けたとて万が一がある。わしのかわいい娘がケガなんてしたらもう……外は危険だ。絶対行ってはならんぞ。いいな?」

　こんなおろおろする国王陛下を見ていたら、無理に城を脱走してまで冒険をしたくなくなってくる。

　けどいつかは――と思いつつ、

「はい、わかっています」

　と笑顔を返した。

　山のような火吹き竜どころか、ミルはまだゴブリンやコボルトといった下位魔物にすら会ったことはない。ミルにとって『魔物』というのは冒険者の話や物語に出てくる登場人物の一人でしかなかった。

「うむ」と力強く頷《うなず》いた国王陛下。ミルの素直な反応をもらったからか、嬉《うれ》しそうだった。

「お父様、今日のお勤めは今の冒険者で最後なんですか?」

「ふむ……あと二組み残っているな。次はまだ新米の冒険者で今の自分の『適性』を見てもらいたいらしい」

「わかりました。呼んでください」

「うむ」と返事をした国王陛下は近衛兵《このえへい》に指示を飛ばす。

　ほどなくして、正面の大扉が音を立てて開き、一人の冒険者の男が姿を現す。

ミルと同じくらい――十五歳か十六歳くらいの若い男性だ。傷一つないレザーアーマー。腰にはぴかぴかのブロードソード。誰の目から見ても今日デビューしたばかりの新米冒険者の出《い》で立ちだった。

ガチガチに緊張しているのか、かくかくとした動きで赤い絨毯《じゅうたん》を一歩一歩進み、王と王女の御前へと向かおうとする。

「あっ……」

と何もないところで躓《つまず》き新米冒険者の男は転びかけていた。

ミルはその様子を見て、「大丈夫。緊張しなくていいんですよ」と微笑みかけた。

「も、申し訳ございません！」と謝った新米冒険者はやがて王たちから離れた位置に来るとその場に跪《ひざまず》いた。

「それでは名を申してみよ」

「は、はいっ！　北部ローラワンド出身、ランド＝ユリシーズと、も、申します！　ほ、本日は国王陛下ならびに聖王女さまにお、お目通りが叶《かな》い、恐悦至極にご、ございますっ」

声が上擦りながらもおそらく何度も練習したであろう口上を述べていく新米冒険者。とても初々《ういうい》しくミルにはどこか羨ましくも思えた。

(さてと……)

姫の玉座から悠然と立ち上がり、ミルは冒険者に向けて手をかざす。

名前：ランド　レベル：1　HP：42　MP：8

ちから：15　みのまもり：10

かしこさ：5　きようさ：31

すばやさ：21　うん：12

スキル：なし

ミルの眼前に文字と数値の羅列が載ったウィンドウが現れた。そのウィンドウはミル以外の人が覗《のぞ》き見ることもできない。

冒険者の名前、そしてその者が持つ潜在能力、スキルなどが全て記されていた。

もっと能力を知りたければ、さらに手をかざし続ければ知ることができるが、まだ新米の冒険者ではこれ以上の情報は得られないだろう。

ミルは手を下ろし、

「器用さが高くていいですね。すばやさもすごいです」

さらにスキルのところに触れると追加のウィンドウが現れ『鍵開けスキル適性あり』と出てきた。

「鍵開けスキルの適性がありますね」

「あ……親が鍵開け師でして、子供の頃から見様見真似《みようみまね》で鍵を開けていたからでしょうかね……」

ははは、と恥ずかしそうに新米冒険者が後ろ頭を掻《か》いていた。

「それはすごい才能ですっ。シーフで登録するとパーティに引っ張りだこですよ！」

これが毎日のように冒険者が玉座の間に訪れる理由だ。

聖王女ミルには他人の持つ潜在能力を見ることができる。

『女神の巫女《みこ》』

信仰心の篤《あつ》い高位の神官にのみ発現させることができる能力だ。男の場合は『女神の神官』と言われる。

ただ信仰心が篤いだけではその力を得ることはできない。北部ローラワンド地方にそびえる霊山に十年以上の年月をかけ、心身が打ちのめされるような禁欲と修行を課した者のみが得られる能力だ。それでも資質がなければそもそも発現しない。

何十万もの神官の内、能力を得られるのは一人か二人と言われている。

女神の巫女となった者は他人の潜在能力を見ることができる『女神の瞳』と呼ばれる能力を得る。

ただミルは他の神官とは少し違った。

物心がついた時から『女神の巫女』たる能力を有していた。父からは女神に愛された人間と言われ、国中からもてはやされる結果となった。

単に『女神の瞳』を持っていたからだけではない。

『女神の瞳』の能力は冒険者のレベルが一定を超えると見えなくなる上に、スキル、得意技能は一切見られない。

本来なら上限や制限が存在するのだが、ミルにはその上限、制限が今のところない。他の神官では見られなかった潜在能力をミルなら容易《たやす》く見ることができたのだ。

そのため新米冒険者がこれからどの技能を極めるのか、という指針になり、ベテラン冒険者にとってはどの強さの魔物までなら倒せるかという情報にもなる。

——女神の巫女の力はそれだけではなかった。

「あ、ありがとうございます。聖王女さま」

深々とお礼をする新米冒険者にミルはさらに、

「よろしければ『スキルの開花』もお手伝いしましょうか？」

「え、していただけるのですか？」

「もちろん」

女神の巫女にはもう一つ力がある。『女神の祝福』と呼ばれる潜在能力の解放――つまりスキルの開花だ。

例えば片手剣で一定の経験を積んだ剣士が槍《やり》のスキルを習得する際、『女神の祝福』を使うことですぐにスキルを習得することができる。つまり初心者と違って早く上達できるようになる。

ミルはゆっくりと玉座から立ち上がる。

両手をかかげ、口を開いた。

「女神の祝福――ガッデスブルーム」

両手から発された淡い光が新米冒険者の上空へと飛んでいく。その光が人の形を成したかと思うと、白い翼が生えた。

「おお……天使だ」「久しぶりに見た、ミルさまの女神の祝福」

その場にいた近衛兵たちが空に浮かぶ光の人――天使を見上げおのおの呟《つぶや》いていた。

その天使がゆっくりと新米冒険者を包み込む。一瞬激しく発光したかと思うと、次の瞬間には光が淡い粒子となって霧散していった。

「これであなたは鍵開けのスキルを獲得したはず。もしまだ開けたことのない鍵があれば試してみてください。最初から構造を知っていたかのようにすんなり開くでしょう」

「さすが聖王女さま……あ、ありがとうございます」

再びお礼をする新米冒険者。

同時に近衛兵たちも「あの力って確かミルさましか使えないんだったよな」「この前なんかわざわざ隣国から何日もかけて開花してもらいにきた冒険者もいたくらいだしな」ひそひそと話していた。

「あはは……」

とミルは少々困り顔になってしまう。

確かに冒険者の能力を見ることができる『女神の瞳』の力を持つ神官は存在するが、『女神の祝福』を使える神官をミルは聞いたことがない。歴史書には何百年か前に存在していたらしいが、現在はミルしか使えない天性の能力だ。

隣の国王が「うおっほん」と仰々しく咳払《せきばら》いをして近衛兵たちはぴたっと黙った。

続けて国王は「他に申したいことはあるか?」と訊《たず》ねる。

「い、いえ。自分の進むべき道に迷いは晴れました。か、感謝いたします」

緊張は抜け切れていないが、新米冒険者ははっきりと言葉を口にした。

「うむ、なら下がるがよい──次の者を連れてまいれ」

失礼しました、と新米冒険者は最後まで緊張した面持ちで玉座の間を後にした。

──代わりに入ってきたのは白銀の鎧《よろい》を身にまとった若い男だった。おそらくギルドでは前衛として登録しているのだろう、その証拠に大盾と大剣を背負っていた。

柔和な顔立ちで落ち着いた雰囲気を醸《かも》し出している。先ほどの新米冒険者とは打って変わって、慣れた足取りでゆっくりと御前に近づいてきた。

ざわ……と周囲に控える近衛兵たちが小声で騒ぎ出す。耳の良《い》いミルはその言葉が聞こえてしまう。

「……おい、あれ、北の地の英雄だぜ。ほら一年前の……」「ああ、百体のオーガの侵攻を一人で食い止めたっていうあれか」

どうやら近衛兵たちは大盾を背負ったこの冒険者のことを知っているようだ。最初は小さかったざわつきが次第に大きくなる。見かねたのか、国王陛下はわざとらしく「ごほん」と咳払いをすると、スッと近衛兵たちは静かになった。

大盾の冒険者が跪き、胸に手を当てる。

「此度《こたび》は拝謁を賜り、心より感謝いたします」

言葉の端々から心の余裕と敬意とが感じられる。おそらく冒険者として諸外国を回り、謁見にも慣れているのだろう。

熟練の冒険者というものだ。ミルもこうして『女神の巫女』の力を使って冒険者を見るようになって何年か経《た》つが、熟練の冒険者に会ったのは数えるほどしかない。

大盾の冒険者が名前を言ってから、「ではミルよ」と国王陛下から促された。

ミルはこくりと頷《うなず》いてから、手をかざす。

眼前に冒険者の能力値が浮かび上がってきた。

名前：ルード　レベル：42　HP：565　MP：235
ちから：245　みのまもり：285
かしこさ：159　きようさ：147
すばやさ：12　うん：58
パッシブスキル：大盾適性（大）片手剣適性（大）大剣適性（大）斧《おの》適性（大）槍適性（小）大鎧《おおよろい》軽量化、毒耐性（大）炎属性耐性（大）氷属性耐性（大）雷属性耐性（大）戦闘意欲、窮地、ガード性能（大）ガーディアン、ラーニング、etc……
アクティブスキル：シールドバッシュ、シールドアクティベイト、守勢の構え、魔法剣、回転斬、大地斬、狂乱の咆哮《ほうこう》、スラッシュエンド、etc……

得意技能：大盾、小盾、大剣、片手剣、斧、鍵開け、神聖魔法、エンチャント魔法、炎属性魔法、氷属性魔法、複合魔法、etc……

「すごい……」
思わず呟いてしまう。
見たことのないスキルが山のようにウィンドウ上に移し出された。全ては入りきらず、いくつかは二枚目のウィンドウに表示されている。
冒険者がスキルを極めるには、そのスキルに該当するものを使い続けるしかない。例えば大盾スキルは長い月日も大盾を使い続けることで取得でき、毒耐性などは、魔物が使う毒を受け続けなければならない。
（こんなにスキルを手にするのにどれくらいかかったのかな……）
ミルはついついウィンドウに移し出された文字に触れ、スキル詳細を眺める。
『ラーニング……スキル取得が早くなる
ガーディアン……盾を構えている間、属性耐性を付与する
スラッシュエンド……大剣、片手剣を振るうことで衝撃波を発生させる』
好奇心から次々と無言でスキルを見ていってしまう。その様子を眺めていた国王陛下は

沈黙に耐えかねたのか口を開いた。

「ミルよ、どうした？　彼の能力は見られたのか？」

「あ……すみません。問題ないです。今、写し絵をとりますので紙を」

傍《そば》に控えていた近衛兵《このえへい》から数枚の白紙を受け取り、ゆっくりと手を紙に押し当てる。

すると、眼前に現れていた冒険者のスキルや能力値がそのまま紙に写し出された。

これも『女神の巫女』の能力の一つだ。見た能力をそのまま紙に写し出すことができる。

以前にも『女神の巫女』の力を使って能力を見てもらったことがあったなら、今回の能力と比較して、自分がどれだけ成長したのか窺《うかが》い知ることもできる。

これだけ成熟した冒険者にはミルの助言は必要ない。今までもこうして能力を写した紙を手渡したことは何度かあった。

「これを」とミルは写し終わった紙を近衛兵に手渡す。受け取った紙を近衛兵は冒険者に渡した。

「『女神の巫女』のお力、感謝いたします」スッと立ち上がり、「もし何かお困りごとがございましたら、御申しつけくださいませ。しばらくは王都に駐留いたしますので」

「うむ、その時は頼むとしよう。他に申したいことがなければ下がってよいぞ」

特になかったらしく、「ではこれにて失礼いたします」と再び頭を下げ、謁見の間から出て行った。

「ふぅ……」

姫の玉座にミルは深く腰掛けた。

今ので今日最後の冒険者だ。朝から謁見を始めてもう夕方だ。窓の外には朱色に染まった陽《ひ》が地平線に落ちかけていた。

「む……ミルよ、今日もご苦労であったな。疲れたか？」

国王陛下に言われ、ミルはハッとしてしまう。つい疲れが態度に出てしまっていた。

「ううん！　すみませんお父様。まだまだ大丈夫です。いろいろな冒険者を見られて、今日も楽しめました」

精一杯の強がりを見せる。張っていた気を抜くのは謁見の間を出てからでよかった。

「そうか？　もし体に不調を感じたなら遠慮なく言うのだぞ。お前に何かあったらわしだけでなくシェーラも心配するのだからな」

シェーラとは母上のことだ。国王陛下である父上同様、ミルのことを愛してくれている。

「それでお父様、来週のおでかけの件なんですけど……」

「街に行きたいと言っていたな。うむ……」

国王陛下は難しい顔をしていた。ミルが城の外に出ることに思うことがあるようだ。

「ダメ……ですか？」

「お前が行きたいというならできる限り叶《かな》えてやりたいとは思うが……それについて何か頼みがあるのか？」

「おでかけの時の護衛の件なんですけど……百人も付けるのは多すぎるんじゃないでしょうか、と」

来週、城下町に行ってお買い物をする予定なのだが、その際に国王陛下はミルの周囲に百人の近衛兵を付けると言ってきたのだ。その上人払いをし、厳戒態勢を敷くなどと言っていたり、とにかく過保護なまでにミルを守ろうとしていた。

魔物がいるところに行くならまだしも、街に行くだけで百人は多すぎる。

「正直なところ足りないのではと思っておったのだが……もう百人ほど動員すべきと考えていたのだが……」

「あの……別に式典というわけでもないですし、そこまでしなくても……」

国内の情勢は安定していて、聖王都ハイレムは比較的に安全な街だ。国王陛下の心配はもっともだが、彼自身が外に出る時はその半数以下の護衛なのだ。

「いやいや国外からミルを狙う輩《やから》が現れないとも限らん。交通網を整備し一時的に入国を禁じる手段も……」

「そこまでしなくても大丈夫ですから」

昔からこうだ。廊下で転んだだけで国中から治癒魔法を使える神官を集めたり、ちょっとお城を探検しようとするだけでも数十人の護衛を付けたり——数えるだけできりがない。

「それと……おでかけで冒険者ギルドにも行ってみたいです。やっぱりいろんな冒険者を見てると我慢できないです」

「ミルよ。いつも言っているが……」

歯切れの悪い国王陛下の言葉。何度も言われたことだ。「王女なのだから冒険には行くな」と。

ミルは喉まで出かかった言葉をグッと呑み込み、

「わかっています、城を抜け出して冒険なんてそんな無責任なことできません。こうやって冒険者を見るのも楽しいんですから。ちょっとギルドが気になっただけです」

「ならよいが——お前に何かあったらと思うと——いやそれはさっき言ったな。では食事にするとしよう。それまで部屋で休んでおれ、時間になったら使いの者を遣わす」

と告げると、国王陛下は立ち上がり、軽い足取りで謁見の間を後にした。

（冒険か……）

しばらく部屋に戻らず、謁見の間の天井をぼぉっと見上げていた。

王女の身分、女神の巫女《みこ》の力。

こんな自分が今日から冒険者になりますなんて言って、城を抜け出したら国王陛下は仰天して三日は寝込むかもしれない。

(やっぱり行きたいよ……)

重い足取りで自室へと戻っていった。

◇

国王陛下である父上と王妃である母上と一緒に食事をし、短い家族団らんの後は自室へと戻ってきていた。

自室は実に味気ない内装だ。広い部屋にポツンと置かれた天蓋付きダブルベッド。部屋の隅には樫《かし》の木《き》の机に本棚が一つ。他に家具らしい家具はない質素な部屋だ。

別に何かが欲しいと願ったことはない。娯楽も——本棚にしまっている英雄譚《たん》や童話、騎士物語を読んでいたら十分に満たされる。

ミルは白く長いドレスを着て、窓際《まどぎわ》の縁に頬杖《ほおづえ》をついていた。

夜の帳《とばり》が下りた真っ暗闇の空に、ぽつりぽつりと星が浮かんでいる。一際《ひときわ》大きな星——天月から降り注ぐ月光がミルの周囲を仄《ほの》かに照らしていた。

今日はいろいろな冒険者が来た。ほとんど毎日、冒険者を見てきていたが、新米冒険者と熟練冒険者が同時に来たのは数えるほどしかない。

もし自分が王族なんかではなく、女神の巫女なんて呼ばれなくて、街に住む一人の女の子として生まれていたら、冒険者としての道もあったのかもしれない。

今日来た熟練冒険者のように、近衛兵たちに噂《うわさ》されるくらいの冒険譚を遺《のこ》したり、新米冒険者のように王族の前でガチガチになったり——そんな自分を想像して、くすりと笑う。

「山のような火吹き竜……百体のオーガ……」

ふと今日得た情報を基《もと》に妄想してみる。

——自分ならやはり片手剣か。あまり大きな防具は着けたくないな。魔力を込めた魔具とか身に着けたり、聖剣とか魔剣とか腰に帯びて強大な敵に立ち向かう。

もちろん自分は前衛職の剣士か魔法剣士。周りには魔法使いの女の子もいて、自分と同じ前衛職の剣士もいたり、エルフか獣人か、別種族の仲間もいて一緒に大きな敵と戦う。

そうして名を上げて、街の人たちから感謝されたり石像なんか作られたりして——。

「ふふふ、んふふ」

なんだかおかしくなって妄想が止まらない。

いつもミルが夜中、こうして空を見上げながらしていること。一日に聞いた冒険者の言葉を基に、自分も同じ冒険者になって妄想することだ。

自分なら巨大な魔物と対峙《たいじ》した時にどうするか、魔物が住まう洞窟に入ったらどうするか——これが毎日の楽しみだった。

ひとしきり妄想で遊んだミルは——。

「今日の分も書いておこっ」

と机から一冊の日記を取り出して窓際に持ってきた。

今日あった冒険者の話を基にして妄想を文字に起こした妄想冒険日記でもある。今さっき頭の中で巡らせた妄想を書き留めていく。もう三冊目である。

一通り書いてからパタンと本を閉じ——。

「…………はぁ」

小さく息を吐き、窓の縁にもたれかかった。

ミルが許されているのは頭の中で冒険することと、この窓から眼下に広がる城下町を眺めることだけだ。

それに今の自分の能力は——。

ゆっくりと自分の胸に手を当てる。

名前：ミル　レベル：2　HP：48　MP：21
ちから：19　みのまもり：15
かしこさ：25　きようさ：16
すばやさ：13　うん：7
パッシブスキル：早期習得
アクティブスキル：炎属性魔法、氷属性魔法、雷属性魔法、治癒魔法

これでは城の外に出て魔物と対峙するとすぐにやられてしまう。

自分の能力が見られるから、いくつか能力を上げる行為を行ってみたことがある。例えばちからなんかは筋力に関係していると思ったから、一人で寝る前に筋トレをしてみたが、半年かかってようやくちからが2程度増えただけだった。

他にもレベルが2になっているのは、訓練場で城の兵に交ざって訓練したことがあるからだ。だがそれも結局半年以上毎日何時間かトレーニングしてようやく『2』になった程度。短期間で冒険者が2レベルになった人もいたから、おそらく魔物と戦った方が強くなるには早いのだと思う。

スキルも家事とか、語学、歴史の勉強とかをしてみたものの『スキル』としては反映さ

れなかった。おそらくこの『女神の瞳』の力は冒険者のために女神アーフィルが人間に遣わせた能力なのだと思う。だから戦いに関係ない技能は表れない。

この表に示された能力を上げたいと思うなら、魔物と戦ってレベルを上げなければならないらしい。

――自分の体でいろいろ試したことがあるものの、この城の中でやれることをやってもすぐに限界になる。『早期習得』というスキルはどうやら先天的なスキルらしく、内容は『あらゆるスキルを通常よりも早く習得する』というものらしい。

それを使って城の書庫にあった魔導書をこっそり読んで各種属性魔法の基礎を知ることはできたが、応用魔法は無理だった。どうやらレベルを低いと頭で理解していても使うことはできないらしい。『女神の瞳』の力で習得条件を見てみたが、かしこさの数値が足りないと魔法は使えないらしい。

冒険して魔物を倒してレベルが上がればもっといろんなことができるのだが――。

「でもレベルが仮にあっても……」

はぁ、とまたため息を吐いてしまう。

レベルなんて関係ない。今、自分がこの窓から飛び出して外に冒険に行ったとして――。

「お父様が知ったら絶対、卒倒しちゃうよ」

その場で倒れて一週間以上寝込む姿が容易に想像できてしまう。なるべくミル自身の自由を尊重してくれてはいるが、危険なことが少しでも絡《から》むと父上は許してくれない。

大切に想《おも》われているのは悪いことではないけど、もうちょっと過保護を直してほしい。ちょっと外におでかけするだけで大げさすぎるのだ。

冒険だって――。

……いや、多くを望んではいけない。

今の自分の生活だってとても恵まれた生活なんだ。城下には明日食べるパンもない人もいるのに、自分は何も不自由していない。

ぶんぶんと首を横に振り、

「……女神アーフィル様。申し訳ございません。私は多くのことを望んでしまいました」

王女として人の上に立つ者として節制の心は忘れてはいけないと父上に口をすっぱくして言われてきた。

ミルは夜空に向かって、両の手を合わせ女神アーフィルへの祈りをささげる。

今の自分があるだけで幸せ。そう思うべきだと――。

「聖王女ミル＝アーフィリアとはお前のことか？」

その低い声音は外から降ってきた。

ハッと目を見開くと、窓の外――目と鼻の先に『人』が空に浮かんでいた。

いや、正確にはこの聖アーフィル王国に住む人とは違う。見た目は中肉中背の男で闇に溶け入りそうな礼服で身を包んでいる。その姿だけを見ると貴族の男と言って差し支えないが、明らかにそうでないと言える特徴があった。

背中には両腕を広げても足りないくらいコウモリのような大きな黒い翼、頭には逆巻く角がついている。

――魔族。

英雄譚で読んだことがある。翼と角を持った人型の生き物は『魔族』と称され、その中でも言語を話す者は上位魔族と言われている。

「誰……？　私のこと知っているの？」

ミルがゆっくりと後ずさりすると、魔族の男は翼を折りたたみ、部屋の中に入ってきた。

「ほう……意外と冷静だな。魔族を見て叫び声一つ上げんとは」

「やっぱり魔族……」

ミルが警戒していると、魔族は胸に手を当てて、頭を下げた。

「まずは突然の訪問を許してほしい。申し訳ないことをした。これ以外にここに来る方法がなかったものでね」

「私に用……なんだよね。ここに来たってことは」

「そうだな。ふむ、どこから説明するか……」

顎に手を当て、思案顔になる魔族。

魔族なんて種族に初めて会ったし、最初の印象は怖くてドキドキしたけど、案外紳士的な雰囲気で悪い魔族じゃないのかもしれない。

（衛兵とか、呼んだ方がいいのかな）

一応不法侵入者だし、魔族が王都に現れたなんて大事件だ。

でもその場合、城の兵たちはこの魔族の人を捕らえようとするだろうし、魔族の人だって抵抗してお互いにケガをしてしまうかもしれない。

ミルとしてはそんなことになってほしくない。魔族の人が城の兵や国を害そうとしないなら、何かお手伝いしてもいいと思っている。

「悪いが、説明は苦手でな。単刀直入に理由を述べさせてもらう」

魔族の人は「こほん」と咳払《せきばら》いをして、

「ミル＝アーフィリア。君をさらいに来た。我が城まで来てもらおう」

「え……？」

さらう？　私を？

ミルはちょっと頭の思考が停止してから――。

「えっ、私をさらうって……誘拐って、ことなのかな？」

王女誘拐。これは大事件だ。それに城って……？

疑念が顔に出ていたのか、「おっと済まない」と謝ってから、魔族の人は応えた。

「我が名は魔王アルヴァン＝ガーランド。我が城というのは我が魔王城のことだ」

「まおう……？　え、魔王⁉」

これは驚きだ。人の住む地域のさらに奥地にある王都まで忍び込めたのだから、よほどの高位魔族と思っていたが、最上位だった。

『東に王都、西に魔王城あり』とミルが読んだ英雄譚《たん》では常に記されていた。

ゴブリンやコボルトなどの知性が低い生き物を魔物。

人の姿に近く、人語を解する知性のある生き物を魔族。

その中でも魔王と言えば、魔族、魔物の全てを統治し、ひとたびタクトを振れば魔物の軍勢によって人の住まう地を襲わせることができるほどの影響力のある魔族。

もし冒険者のパーティが魔王を打ち倒すことができたのなら、聖アーフィル王国の歴史に刻まれるほどの英雄となるだろう。

「姫様？　どうかなされましたか？」

部屋の扉の外からミルの侍女の声が聞こえてきた。物音か話し声が外に漏れていたようだ。

「人に知られると厄介だな。悪いが有無は言わせん」

「えっえっ！　あれあれ」

魔王——アルヴァンが強引にミルを抱きかかえてきた。か弱いミルの力ではとても抵抗できない。

「姫様⁉　誰かいるのですか⁉　開けますよ！」強引に扉が開かれる。「姫様っ⁉」

それとほぼ同時に、ミルを脇に抱えたアルヴァンが窓から外に飛び出した。大きな翼を羽ばたかせ、闇に包まれた大空へと飛び立つ。

「きゃっ」

　突然の強烈な風が体を襲う。

　おそらく侍女からは魔族にさらわれたミルがばっちりと見えたはずだ。明日には大事件になっているかもしれない。

「強引な手段になったな。どうだ？　怖いか？」

　アルヴァンがそう問いかけてくる。

　アルヴァンの小脇に抱えられたミル。全身に夜の冷たい空気が当たるのを感じる。

　ミルの眼下には点々と明かりの漏れたレンガ造りの家が立ち並んでいる。城下をこうして上空から眺めたことはない。もしこの場でアルヴァンの気が変わり、手を離したらミルは無事では済まないだろう。

「悪いがしばらくは帰れんぞ。お前がいくら泣き叫んでも――」

「す……」

「なに？」

「すごい！　私、お空飛んでいるんだ！」

　ミルは目を輝かせ、足をバタバタとさせた。

「外ってこんなに広かったんだ！　うわぁ人がみんなちっちゃく見える！　通りの灯《ひ》がすごい綺麗《きれい》！」

率直な感想だった。今まで狭い窓から眺めることしかできなかった外の世界をこうして空から眺めている。

「怖くはないのか？　この先どうなるか不安はないのか？」

「ドキドキはしてるけど、怖くはないかな。私、こんなに遠くまで来たのは初めて！」

胸の高揚が抑えきれない。さっきまで眼下に城下町が広がっていたのに、いつの間にか草原に変わっている。もう街の外の上空に出たようだ。

「変わっているな、人間は。いやお前がおかしいのか？」

「それはよくわからないけど……そういえば私、魔王城に連れていかれて何されるの？」

どうして自分だったのか。わざわざ遠方にある魔王城から人間の国までやってきたのにはミルを連れていく理由があったはずだ。

「わからないか？　お前をさらう理由など他にないと思うがな」

「え？」

なんだろう。家事当番？　お料理は得意だけど、魔族の人の口に合うかわからない。いやいやそれだと自分である理由はない。侍女の人の方が得意だし。

もしかして身代金《みのしろきん》とか？　王女を返してほしければ……とかそういうの？

（なんだろう……あっ！　もしかして私を焼いて食べる……とか？）

「本気でわからないか？　ふむ、人間は少し知能が足りないか……」

呆《あき》れたように首を振る魔王。ミルは彼の腕の中で縮こまって、

「うぅ……私は食べてもおいしくないよ……？」

「どうしてそういう発想になった。違う、我が欲しいのはお前の力だ」

「力……」

そう言われて合点《がてん》がいった。

「女神の巫女《みこ》──お前たちはそう呼ばれているのだろう？」

「私の力が欲しいの？　けどあげるのは難しいかな」

「別に力そのものが欲しいわけではない。我が魔王軍には数多くの魔族がいる。それらを女神の巫女たるお前の力で見てもらいたいのだ」

「魔族って……どんなのがいるの？」

「我と同じデーモン族をはじめ、アルラウネ族、ラミア──低級魔族ならオークやトロルもいるな」

魔族にはいろいろな種類がいる。より知性が高く戦闘能力が高い魔族を高位魔族、知性が低くなるにつれ、中位、下位とランクが下がっていく。

「アルラウネ……ラミア……」

その名前を聞いて、ミルは小刻みに体を震わせる。

「恐ろしいか？　だが心配はするなお前に危害を加えるようなことは――」

「すごい！　英雄譚で読んだ魔族だ！　これから会えるんだ！」

「なに……？」

訝《いぶか》し気な声を上げるアルヴァン。無理もない。並の冒険者なら魔族と対峙《たいじ》するというだけで恐怖が勝る。

だがこうしてアルヴァンに連れ去られているミルは魔族の名前を聞いて逆に歓喜していたのだ。

「お前という生き物がわからん」

「だって、ずっと妄想してたんだもん！　どんな姿してるんだろうって。それが今から会えるなんて……うわぁ、楽しみ！　アルラウネのツタってぬめってしてるって聞くし、ラミアの体ってどこから蛇でどこから人なのかな！　トロルってホントに臭い⁉」

「落ち着け。暴れるな。ますますわからん。人間は魔族を怖《おそ》れるものではないのか？」

ミルにとって魔族に出会うことは物語の登場人物に出会うのと同義だ。ずっと文字でしか語られなかった魔族。その本物と出会うことができるのだ。

ミルの頭の中ではもうどんな風にグリーティングもらうか妄想し始めていた。

「はぁ、もう知らん。勝手にしていろ」

ため息交じりのアルヴァンをよそ眼《め》に、ミルは「んふふ、んふふふふ」と体をくねらせるのだった。

◇

どれくらい経《た》っただろうか。途中で降りて休憩して、朝になって飛んで、また夜になっているから、丸一日以上飛んだ計算になる。加えて今まで体験したことのない速度でずっと空を飛んでいたから、ここは王都から相当離れた場所にあるだろう、ということは窺《うかが》い知れた。

魔王城の謁見の間――だろうか、ここは。

聖アーフィル王国の謁見の間と比べて禍々《まがまが》しいというか、おどろおどろしかった。

天井が高く、部屋自体は走り回れるくらい広い。王都と同じ大扉からまっすぐに玉座まで深紅の絨毯《じゅうたん》が敷かれており、その絨毯を挟むように悪魔像がいくつも置かれてある。

壁にはコウモリをモチーフにしたステンドグラスが規則正しく嵌《は》め込まれてあった。

「この玉座の間まで来た人間はお前が初めてだ」

と告げたアルヴァンはミルを玉座へと座らせた。

玉座も王都に近かったが、こちらは派手な金の装飾が目立っており、意匠を凝らしてあった。大きさもミルが二、三人並んで座れるくらい大きい。ちょこんと玉座の真ん中に腰かけるミルは傍《はた》からだとお人形のように見えただろう。

「ふわ〜、ここが魔王城か〜」

気分はまるで観光をしに来た客のようだった。魔王城は他にはどんなところがあるのだろうか。宝物庫とか書庫とか、王都にある城とどこが違うのか、ちょっと気になった。

「さっそくで悪いが力を見せてもらうぞ。ここに連れてきた理由は飛んでいる間に告げた通りだ」

「それよりアルラウネさんとかオークさんとか会いたいな！」

「落ち着け。今日はもう遅い。試しに一人だけやってもらう。他の魔族はまた明日だ」

「え〜、でも仕方ないかな……」

確かにもう寝静まる時間帯だ。ミルのわがままで魔族のみんなを起こしてしまうわけにはいかない。「我慢我慢」と小声で自制した。

「こんな王女だったとはな……聞いていた話と少し違うな」

額に手を当て、やれやれとアルヴァンは首を振る。

「聞いてた話？」

「王都にも我が息のかかった魔族が潜んでいる。それだけだ」

人間に紛れて魔族がいるということだろうか。そんなスパイみたいな人がいるなんて知らなかった。

「それで……誰を見るの？」

「その前に一つ確認したい。女神の巫女の力は魔族にも可能か？」

「できると思うよ。女神の巫女の力自体は生き物とか……道具とかにも使えるし」

「確か武器とか魔具にも女神の巫女の力が使えるのだろう？」

「知ってるの？」

「言っただろう？　王都にも魔族がいると」

女神の巫女の情報は筒抜けらしい。

ミルの力は別に人間にだけ使えるわけじゃない。例えば武器や魔具など何らかのエンチャントを施された武器に使うと、どんなエンチャントがかかっているかわかり、呪われているならその種類もわかる。

魔導書に使えば、どんな内容でどんな魔術について記されているか、知ることはできる。

「ここからが本題だ。その力にはもう一つの能力があると聞く。確か十分な経験を積んでいるならば能力を開花させることも可能だとか」

「女神の祝福のこと……？」

「そのスキルの開花──我ら魔族にも可能か？」

「うーん？」

わからない。確かに冒険者相手にスキルの開花を使ったことはある。けど他の生き物に試したことはない。魔族は人に近いなら可能かもしれないが。

「そうだな、物は試しか……。まずは一度やってみろ」

とアルヴァンはパチンと指を鳴らした。広い玉座の間の空間に音が反響する。

と同時に大扉が開き、外から魔族がやってきた。

「ハッ、お呼びでしょうか」

「こちらに来い。お前に女神の巫女の力を使う」

「かしこまりました」

と魔族は玉座の前まで来ると、その場に跪《ひざまず》いた。

魔族の見た目は魔王と同じだった。ただ頭に生えた双頭の角と背中の翼は魔王より一回り小さい。とはいえ上位魔族には違いなかった。

「ミルやってみろ──どうした」

手をかざそうとした寸前、ミルは手を止めた。

「どうした？　この期に及んで臆したか？」

アルヴァンの問いかけにミルはわざとらしく咳払《せきばら》いした。

「一つ、条件があります」

改まった口調のミルに対し、アルヴァンは「ほう」と不敵な笑みを浮かべた。

「我に対して条件を提示するか。今のお前の立場がわかっていないようだな」

「わかっています。けどこれを呑《の》んでくれないと、私は力を使いません」

「……申してみよ」

「角を……」

「角？」

「アルヴァンさんの角を触らせて！」

「は？」

口をポカンと開けるアルヴァン。何を言っているんだ、と顔で物語っている。

「だって！　ここに来るまでの数日間ずっと触らせてくれなかったもん！　空飛んでる時とか狙ってたのに！」

「むやみに触らせるわけなかろう！　休憩中やたらと近づいてきたのはそのためか！」

「翼とかざらざらしてそうだったのに！　寝てる時くらい隙みせてよ！」

「そこまでして触りたいのか？」

「だって！　デーモン族の角の本物を見たことないもん！　ごつごつしてる？　つるつるしてる？　角だけじゃなくて翼も触りたい！　毛が生えてたりするのかな？　ふわふわしてたりする？　それともぬめぬめ？」

思わず玉座から立ち上がり、アルヴァンに詰め寄る。

「待て待て落ち着け！　わかった！　女神の巫女の力を魔族のために使うというなら、触らせてやる」

「ホント⁉」

「だが、我のではなくこいつのものでいいか？」

と呼び寄せた魔族の人を指さす。魔族の人も「魔王様のご命令ならば」と頭を下げたまま言った。

「アルヴァンさんの角がよかったんだけどなぁ」

「文句を言うなら触らせんぞ」

「う〜、じゃあするね……」

角の感触に期待しつつ、ミルはゆっくりと手をかざす。

どんな力なのだろう。魔族に力を使うのは初めてだ。また違ったドキドキ感を感じる。

ミルの目前にウィンドウが表示される。

名前：グラン　レベル：125　HP：2250　MP：760
ちから：1370　みのまもり：1389
かしこさ：1761　きようさ：1580
すばやさ：1666　うん：630
パッシブスキル：魔族、魔眼、魔力充填、片手剣適性（大）毒耐性（最大）闇魔法耐性（最大）呪い耐性（最大）覚醒
アクティブスキル：闇魔法、幻影魔法、魔の一閃《いっせん》、裂傷斬、闇の咆哮《ほうこう》、闇の霧

「えっ！　すごーいっ！」

レベルが三桁、ステータスが四桁の表示を見たのは初めてだった。スキルがやや少なめに感じるが、冒険者と違って手広くスキルを習得するという行為をしないのだろう。

「ほう？　こやつの能力はそんなにすごいものなのか？」

「王都でもこんなの見たことないよ！」

魔王城に近ければ近いほど魔王の瘴気《しょうき》の影響で魔物が強くなっているという話は聞い

たことはある。魔族にとって魔力の代わりとなる瘴気は上位魔族ほど強い。そして魔族は強い瘴気に惹《ひ》かれる習性があるという。だから魔王城から遠い王都周辺の魔物は弱く、魔王城の方へ行けば行くほど魔物が強くなっている。

だが魔王城内だとこれほど強くなっているのかと感心してしまった。王都では英雄レベルの強さの人がここだと赤子同然だ。最近みたレベル42の人とかそうだ。

「ちなみに能力を開花させることは可能か？」

アルヴァンに言われて、ミルはウィンドウに触れると、開花可能スキルの中に『氷属性魔法』が書かれていた。

「いけそう……。じゃあいくね」

こほん、と咳払いをしてから両手をかざす。

「女神の祝福――ガッデスブルーム」

詠唱と共に両手から発せられた光が天使の形を成す。

「おお……なんとも神々《こうごう》しい……なるほど聖王女と呼ばれるわけだな……」

隣で魔王が感嘆の息を漏らしていた。魔王的にも神々しさからそんな感想が出るんだとちょっと感動した。

天使の光は魔族グランを包み込み、一瞬強く発光したのち光が粒子となって霧散する。

「……終わったのか？」

「はい、これで氷属性魔法が使えるはずだよ」

グランは「ええ！」と感動したように自分の体を見回していた。

「今まで見たことのない魔術の術式が頭に浮かんでくるようです！　これが女神の巫女《みこ》の力……」

「やってみせろ」

魔王に促されてグランは中空に向かって、氷のつぶてを発射した。氷属性の初期魔法『アイスブレット』だ。

「威力は低いな。これではみならい魔術師と変わらんぞ」

アルヴァンの懸念《けねん》に対し、ミルは応えた。

「まだ開花したばっかりだから、そんなに強くないの。でも何度も使い続ければスキルのレベルが上がるし、グランさんくらいの能力値なら上級魔法が使えるまで一ヵ月もかからないと思うよ」

「わたしの名前をご存じで？」

グランは訝《いぶか》し気に目を細めた。そういえばそうだった。

「私の力は能力値を見るだけじゃなくて、名前も見れるの。フルネームもわかるよ」

ウィンドウの名前『グラン』に触れる。すると、グランの姓が表示された。

「グラン＝ニューマンさんって言うんだね。よろしくお願いします」

ぺこりと頭を下げると、「あっどうも」と恥ずかし気にグランも頭を下げた。気難しい人かと思ったけど、意外とシャイなところもあってカワイイ。

「力は本物のようだな。ミルよ。今日のところは休め。お前に客室を用意しておいた」

「明日もこんな感じで見ていくの？」

「我が魔王軍は様々な種族がいるからな。百や二百などではきかんかもしれんぞ」

「いっぱいいるの!?」

目をキラキラと輝かす。そうだまだまだこれからたくさん魔族に会える！　あの英雄譚《たん》で読んだ魔族たち！

「喚《わめ》かれてぐずられるよりマシか……明日から激務になる。しっかりと休んでおけ」

「その前に一つだけ」

「なんだ？」

「さっきの条件。グランさん、角……触らせて」

はぁ、とため息を吐《つ》いたアルヴァンだった。

「なにこれ！　仮装パーティみたい！」

◇

翌日。再び玉座に座らされたミルの目の前には、部屋を埋め尽くさんばかりのオークや、オーガ、巨人、アルラウネもいる。全部英雄譚に出てくる魔族たちだ。

もちろん着ぐるみとかではない。本物の魔族たちだ。

「お望み通り、我が魔王軍のあらゆる種族を連れてきたぞ。紙を用意したから能力を見てそれ――」

「本で読んだのと同じだ！　オーガさんってあんな牙長いんだ！　オークさんの臭いってトリに似てるかも？　アルラウネさんすっごくえっち！」

「……まあいい。とにかくお前の力を使って能力を見て、それを紙に記せ。スキルの開花が可能なら実行しろ」

「うんわかった。けど条件として……」

「わかっている。見てもらった者から順に触らせてやるよう伝えてある。好きにしろ」

「ありがとう！　私がんばる！」

俄然《がぜん》やる気が出てきた。これだけいるのだから、気合を入れてやらなければ。

「我は他にやることがある。日が暮れたらまた来る。それまでに終わらせておけ」

と言い残して玉座の間からアルヴァンが出て行った。

残された魔王の配下の魔族たちは列をなして玉座に座るミルの前に並ぶ。

「えっと……それじゃあ見るね」

――それからどれくらい触っ――見ただろうか。いろんな質感の肌や立派な牙が――じゃなくて魔族たちはほとんどは高レベル帯に達していた。

一番低くても50レベル。中には90レベルの魔族もいた。王都の冒険者程度では歯が立たない。デコピン一発でも吹き飛ばされるのではないだろうか。

中にはスキルの開花もできる魔族もいて、ただでさえ強い魔族がもっと強くなった。

(それでもグランさんくらい強い人はいないんだなぁ)

やはり最初に見たあの人は別格だったのかもしれない。

最後に残ったオークを見終わり、玉座の間はミル一人になった。

「ふぅ……」

「ご苦労だったな。部屋に戻って休め」

「あ、アルヴァンさん」

ぐったりと玉座で休むミルの隣にいつの間にかアルヴァンが立っていた。大扉から入ってきたのだろうが、それにすら気づかなかった。

「今日と同じ量を明日もやってもらう」

「明日も……？」

「辛《つら》いか？」

と冷淡に告げるアルヴァンに、ミルは思い切り首を振って、

「ううん！　明日はどんな魔族に会えるの⁉」

「……お前ならそう言うと思っていたが――まあいい。とにかく休め、倒れられても困る」

とアルヴァンに促され、ミルは玉座の間を後にした。

そういえば……と廊下を歩いていて、思い出す。

父上は今頃どうしているだろう。魔王に連れさらわれるところを侍女が目撃していたから、誘拐自体は伝わっているはずだ。

父上の慌てふためいた姿が思い浮かぶ。もしかすると捜索隊を組織しているかもしれない。

と言っても自分はここから出られないし、不自由もしてないから別に大丈夫だ。今日食べた料理もおいしかったし、部屋のベッドはふかふかだった。できれば心配しないでと一

報入れたいけど――。
と考えて自室の扉の前まで来たその時だった。

「ミル様」


ハッと顔を上げると、部屋の扉の傍《そば》に見知らぬ女の人が立っていた。頭に逆巻く角、背中に黒い翼――デーモン族だ。

整った顔立ちに凛々《りり》しさを感じる佇《たたず》まい。スラッとした艶のある黒髪は腰まで伸ばしており、ミルより頭一個分くらい身長が高い。

服装はミルの侍女も着ていた白黒のメイド服を着ている。そんな体のラインが目立たない服装なのに、ほっそりとした腰に豊満な胸が目につく。スタイルの良さがよくわかる。

「誰……ですか？」

「本日よりミル様のお世話係を仰《おお》せ仕《つかまつ》りました。クローエル＝ニューマンと申します」

深々とクローエルは頭を下げる。あれ？　ニューマン？

「もしかすると弟かお兄さんいますか？」

「え……はい、弟がこの城の近衛《このえ》衛士をしています。お会いになられたのですか？」

「この城に来て最初に『女神の瞳』で見たんです。すごく強くてびっくりです！」

確か名前はグラン＝ニューマンだったか。

「ミル様にそう言っていただけるなんて弟も喜ぶことでしょう――ミル様、これから何かあれば私に申しつけくださいませ。この城の中ならば自由にさせてもよいと魔王様より仰せつかっております」

それはとてもありがたい。もし時間ができたら城の中も探検してみたい。

クローエルは再度、頭を下げ、

「それではこれで失礼いたします。御用の際は隣の部屋までいつでもお呼びください」

と最後まで凛々しい態度で接したクローエルは自分の部屋へと戻っていった。

大人の女性という印象と共にすごく強そうな人だなぁ、という印象も受けた。弟が強かったのだから、彼女も相当の実力の持ち主だろう。レベルはどれくらいだろう。今日見た魔族たちよりも強いだろうか。

（強さか……）

ミルは自室へと入り、パタンと閉じた扉に背中からもたれかかる。

――今日一日ずっと凄《すさ》まじいステータスを見ていたから、自分のステータスを確認して、なんだかちょっぴり情けなく感じる。

（私もがんばったらあんなに強くなれるのかな？）

自分のステータスを確認する。やっぱりレベル2の表示のままだ。

王都にいた時は全然上がらず、いつしかレベルを上げようなんて考えはなくなったけど、ここにいる人たちを見ていて、ちょっとだけレベルを上げたいと思ったのだった。

◇

翌日も同じことの繰り返しだった。

「ミルさま、今日は俺をお願いしますっ」「次は俺も」「俺スキル開花できるっすかね」

三十人近いオークが玉座の間に押し寄せる。それを一人ずつ女神の瞳で見ては開花できる者には女神の祝福を使ってスキル開花していく。

適度に休憩を入れつつ、それを一日続けた。

最初の頃は楽しかった――けど一週間も続けたら同じような毎日の繰り返しに退屈になるし、この城の魔族でミルの『女神の祝福』を受けていない者はいなくなっていく。

それからはたまに来る魔族たちのスキル開花を手伝う程度で、自由の時間が増えた。

暇になった午後の時間で魔王城の宝物庫や書庫、訓練場などを探検してみた。

魔王城の探検も楽しいといえば楽しかった。

宝物庫は王都では見たことのない魔剣や魔具、呪われた鎧《よろい》などが収められていて興奮したし、書庫なんかでは王立魔導図書館を遥《はる》かに超える魔導書が大量に見つかった。ただ宝物庫の武器や書庫の魔導書はレベルが足りなかったため、ミルには習得は不可能だった。

――が、結局それもまた一週間くらいすると、目新しさはなくなり、魔王城のほとんどを探検しつくした。

朝は玉座の間で魔族たちのスキル開花を手伝い、暇になった昼で城を探検。

そんなルーティンワークの繰り返し。新しいドキドキは次第に薄れ、やっていることは昨日と同じ。

そんなこんなで一ヵ月が経《た》ち――。

「暇すぎるよぉーっ！」

夜、魔王城の自室の窓の外に向かって叫んだ。その後「はぁ」とため息を吐く。

見上げる空は王都と何も変わらない。満天の星空とぽっかりと浮かぶ丸い月。

最初、魔王城に来た時は興奮した。今までにない体験と出会ったことのない魔族たち。

その全てが目新しかった。

けどやっぱりというか。それも一ヵ月もすれば目新しさがなくなる。毎日同じ繰り返しだから刺激がなくなって、退屈になってしまう。

王都にいた頃は王女の雑務とか外交とかパーティとか、まだいろいろとやらなければならないことがあって暇になることはなかったけど――。

――魔王城の生活はさすがにちょっと退屈だ。

「これじゃ王都にいた頃と同じだよ……」

と夜空に向かって何度目かわからないため息を吐《つ》いた。

思い出す。王都で見た冒険者たちの顔を。

みんなこれから向かう洞窟やまだ見ぬ宝や魔物などを思い浮かべ、ワクワクしているようだった。パーティで来た人たちは今後の連携や行く先を楽しそうに決めていた。

「私もやっぱり冒険に出たいな……」

そんな言葉をぽつりとこぼしてしまう。

出たい。この狭い城から外に出て未知の体験をしたい。

でもミルは王女。民を導く者として、王女としてそんなわがままは――あれ？

ふと自分の立場をもう一度考え直す。

今いるのは王都ではない。王女としての務めも今の自分には関係ない。

というよりかむしろ早く城に帰らないと父上は心配するだろうし、ここに救援に来れるような冒険者もそうそういない。

ではこのまま冒険に出ても誰も咎《とが》めないのでは？

いや、魔王は絶対反対してくる。けどそれだってミルは『囚《とら》われの身』なのだし、別に魔王のためを思ってこの城に留《とど》まる必要もないだろう。

そもそも勝手にさらったのは向こうなのだし、こっちが勝手にするのも自由でいいんじゃないだろうか。

「でもレベル低いし」

強くないとそもそも連れ戻そうとする魔族たちに対抗できない。

王都でも試した通り、レベルは魔物と戦わないと上がら——あれ？

思えばここは魔王城。魔物——ここには魔族しかいないが、レベルを上げるための相手はいっぱいいる。

「ここにいる魔族みんな強いよね……」

レベル差があればあるほどレベル上げはより早くなる。ならレベル2のミルならすぐに高レベルまで上がるのではないだろうか。

でもレベルを上げても装備がない。外に出るならそれなりに強い武器が——あれ？

「武器庫に行ったら強い武器とかあるよね……？」

レベルを上げたらその強い武器を使うことができる。強い武器があったら止めに来る魔族たちにも勝てる。脱出できるのでは？　それに宝物庫にもいい武具はあるし、装備に困ることはない。

「……………あれ？」

ミルは思った――。

――もしかして、チャンスなのでは？

◇

「武器庫っ♪　武器庫っ♪」

この先に待つ冒険を夢見て、ミルは廊下を軽くスキップして走っていく。

この一ヵ月で城のいろんなところへと探検してみたけど武器庫はまだ覗《のぞ》いていない。武器なんて見ても面白くないと思ったからだ。

だが今は違う。

今後の冒険の相棒となる武器と出会えるかもしれないのだ。冒険者が武器屋を訪れる時というのはこういう気分なのかもしれない。

たどり着いた武器庫の扉を躊躇《ちゅうちょ》なく開ける。

「お邪魔しまーすっ」

「おおーっ」

さすが魔王城というべきか、王都でも武器庫を見たことあるがそれ以上の規模だ。

壁一面にはずらっと戦斧《せんぷ》と戦槍《せんそう》が立てかけられている。盾や兜《かぶと》などの防具などもかけられており、床には箱いっぱいに詰まった砲弾や甲冑《かっちゅう》などがいくつも置かれている。

部屋は縦長で雑多に武具が置かれているから走り回るほどのスペースはない。

「何かあるかなぁ？　おっ」

部屋の中央に位置する樽《たる》の中にオークの腕ほどある鉄のリングがいくつも入っていた。

「うっ、重い……」

見た目通り両手で持たなければならないくらい重い。よく見るとリングの内側に文字が刻まれている。読めないけどミルなら別の方法で読むことができる。

「女神の瞳なら――読めた」

一旦リングを床に置いて手をかざす。

魔法具：ソーサラーリング

必要能力値：なし
詳細：轟《とどろ》く雷の閃光《せんこう》が汝《なんじ》の怨敵を穿《うが》つ
能力：雷の槍《やり》を放つ

どうやらこれはただの装飾品ではなく雷の魔法を放つ魔具らしい。

結構有用品だけど、こんなに重かったら実戦で使うのは難しそうだ。おそらく大型の魔族用の魔具なのだろう。

「他は何かないかな……？」

リングを樽に立てかけるように置いてから樽の中を漁《あさ》る。

「これ使えそう」

宝石で装飾された短剣だ。女神の瞳で見てみる。

短剣：ルーンエッジ
必要能力値：なし
上昇能力：ちから35、かしこさ15
特殊技能：魔法攻撃を吸収することができる。

と魔法を吸収する短剣らしい。いずれ使えそうな短剣だ。せっかくだから持っていこう。

「やっぱり武器庫ってすごい！　他には……」

「おいお前！　何をやっている！」

開かれた武器庫の扉から怒声が飛んできた。

振り返るとそこには長槍を持ったリザードマンがいた。見回りに来たのだろう。扉、閉めておけばよかった。

「む？　お前は魔王様が連れてきた捕虜か？」

捕虜扱いなんだ。

「ちょっと見学を……へへ」

訝《いぶか》しそうな目でリザードマンに睨《にら》まれたが、

「魔王様より自由にさせてよいと命令をいただいている。見学は自由だが危ないところに入るなよ」

なんか許された。ラッキー。

「それよりお前、姫様を見なかったか？　こっちに来たはずなのだが？」

「姫様？」

一瞬考え込んで、すぐさま無言でミルは自分自身に指を差す。

「お前じゃない。魔王様の娘のマリー様だ。見てないか？」

「えっ⁉　魔王様に娘がいるの⁉」

それは初耳だ。

「む、知らないのか。なら用はない」

「へぇ、魔王の娘かぁ～。脱走する前に一回は見ておきたいな」

「脱走？」

あっ、失言だった。

「まさか武器庫に来た理由は――ハッまさかお前、武器を取って脱走する気か⁉　その手の短剣はそのためか！」

図星！

「武器を置け！　抵抗すればケガでは済まんぞ！」

「ひゃあっ」

長槍を突きつけられて、つい傍《そば》に置いたリングを手に取って身を守ってしまう。

バリバリ！

「え？」

「ぐああっ」

リングから発せられた雷の槍がリザードマンを撃ちぬいてしまった。そのままコテンとリザードマンは床に倒れてしまう。

「あう、ごめんなさい～」

白目をむいているけど、ぴくぴくと動いているから大事には至ってないみたい。そういえばリザードマンは雷に弱いんだったっけ。

目を回して気絶している。大丈夫……かな。

「……ん、あれ？」

ふと、ふわっと体が軽くなったような、力が湧いてきたような変な症状に見舞われた。もしかしてと思って自分の能力を女神の瞳で見てみる。

名前：ミル　レベル：15　HP：182　MP：77
ちから：89　みのまもり：75
かしこさ：67　きようさ：80
すばやさ：70　うん：25

「おおおっ！」

レベル2から一気にレベル15まで上がっている！

魔族、魔物を倒すかダメージを与えたらレベルが上がる。今の雷の槍がミルの攻撃になってリザードマンを攻撃して気絶させたから、こうなったのだろう。

確かにより強い相手と戦えば戦うほど、レベルの上がり幅は大きい。以前、王都で冒険者からより強い魔物を倒したら自分もより強くなったと聞いたことがある。その現象が今ここで起こったのだろう。

にしても――。

魔王城クラスの敵ならこんなに上がるとは思わなかった。

「これ意外とすぐに強くなれるかも？」

冒険のためのアイテムとレベル。すぐに終わりそうだ。

「う、う～ん」

さっきバリバリしたリザードマンがゆっくりと起き上がった。さすが魔王軍の魔族だ。こんなすぐに目が覚めるなんて思わなかった。

「り、リザードマンさん？」

「う……お前は魔王様が連れてきた捕虜か？」

さっきのこと覚えているかな？

「ほら、早くしないとマリー様がいなくなっちゃいますよ」

「はっ、そうだ。マリー様はどこに！」

「廊下の向こうの方に行きました」

「協力感謝する！」

とあっさりと騙《だま》されて、リザードマンは廊下の奥へと走って行ってしまった。バリバリしたことを忘れてくれてよかった。じゃあ気を取り直して――。

「とりあえずこの短剣はもらって行こっと」

次は宝物庫に行ってみよっと。

◇

「宝物庫さん、こんにちは～」

ゆっくりと扉を開けると、中からひんやりした空気が流れてくる。よりよい武器を求め、今度はこっちに来てみた。

宝物庫があるのは地下一階。ミルの手にはさっき借りてきた松明《たいまつ》が握られている。光源がこれしかないから、明かりが切れたら一発で迷子だ。

魔王城に来て一ヵ月経《た》ったが、ここには前に一度来たことがある。ここにあるのは武器とか防具、魔具ばかりだ。入った時はドキドキしたけど、一回見たら満足してそれ以降入ってない。

武器庫と違って特別な武具や魔具がそろっている。掘り出し物があるかもしれない。

部屋を照らすと宝箱や宝石が飾られてある棚がいくつも置いてあった。武器庫と違って乱雑に床に置かれているという印象だ。宝箱からはネックレスのような装飾具もはみ出していたりする。

「宝物庫というより物置？」

改めてそう思うくらいあまりにも物が多い。

ミルは近くの宝箱を空けた。松明で中を照らすと、いくつも装飾品が詰め込まれていた。女神の瞳で見ると魔力を持たないただの宝石もあれば、軽度のエンチャントのかけられた魔具もあった。

樽に適当に放り込まれていた剣や槍なども手に取る。やっぱりそこそこのエンチャントしかかけられていない。

これでも王都で持っていれば一人前の冒険者と間違えられるくらい強い武器だけど、『魔王城』の武器としては弱く見える。

「本当に宝物庫なのかな……なんか違和感あるなぁ」

冒険に出るならもっといい武器が欲しいんだけど——。

「こっちの宝箱は——いたっ！」

足元に落ちていた剣に足を引っかけてしまった。暗いから全く見えなかったけど、足元も散らかっている。

「うわっとっとっと——あたっ！」

片手に松明を持っているからバランスが取れず、石壁に頭からごっつんこしてしまう。

ガコン。ゴゴゴゴゴ……。

「へ？」

ぶつけた先の石壁の一部が押し込まれ、ゆっくりと壁が引き戸のように開いていく。

「隠し扉！　こっちが本物の宝物庫だ！」

棚からスライム餅！　まさに僥倖《ぎょうこう》だ。けど考えてみると魔王城なんだから隠し部屋の一つや二つはあってもおかしくないよね。

習得：探知スキル
習得条件：隠し扉を見つける、または魔物の足跡を辿《たど》り続ける。

突然目の前にウィンドウが現れた。どうやら隠し扉を見つけたことでスキルを習得したらしい。念のため自分の能力を確認すると確かにスキル欄に『探知』と追加されている。一定の条件を満たせばこういう風にスキルを取れることがあるというのは収穫だ。思いついたらいろいろ試してみると面白いかもしれない。

それはそれとして……。

「お邪魔しまー……うわあぁ」

ここは手前の物置（?）と違って綺麗《きれい》な部屋だった。

部屋の大きさは人が数人入れるくらいの小部屋だった。床には赤い絨毯《じゅうたん》が敷かれており、壁にはガラスケースにリングやネックレスなどが収められていた。おそらく何らかのエンチャントがかかった魔具だろう。

そして正面の壁には——。

「これ魔剣?」

人が扱えるくらいの片手剣だ。手に取ると、結構重い。というか振れる気がしない。

鞘《さや》から引き抜くと黒い両刃刀身が現れた。さっそく女神の瞳を使ってみる。

片手剣：魔剣ラグナロク
必要能力値：ちから850
上昇能力：ちから555、みのまもり250
特殊技能：闇属性

「かっこいい！」

　魔剣ラグナロク。必要能力値がまるで足りない。というよりちょっとやそっと強くなったくらいで『850』という値に果たして到達するのだろうか。

　これは強すぎる。正直他のそこそこの剣でもいいかもしれない——けど使ってみたい！

　冒険者が強い武器とか自慢する理由がちょっとわかる。実際にギルドに行った時、他の冒険者にかっこいい剣を見せびらかして、ちょっと自慢したりとかしたい！

（ギルドかぁ）

　屈強な戦士や老練な魔法使いなんかがいて、武器自慢とか武勇伝とか語っているところを想像してしまう。そんなところにいる自分を思い浮かべる。憧れる。早くそんなところに行きたい。

　ならまずはレベルを上げなければならない！

ということでやってきた訓練場。

レベル上げならリザードマンの時にわかったけど、魔王城にいる魔族と戦えばレベルが上がるはず！

一呼吸置いてから、鉄扉《てっぴ》を開ける。

同時にムワッとした熱気がミルの全身に当たる。

「おっ、また来たのかい人間の姫さん」

一際体軀《ひときわたいく》の大きいオークがタオルで汗をぬぐいながら、ミルの傍《そば》に寄ってきた。

また――というのはこの一ヵ月で何度か城の探検している時に見学に来たことがあるからだ。

イノシシのようなブタ鼻と牙を蓄えたオークは人間の大人より一回り以上大きい。子供みたいに小さなミルにとって、目の前に立たれると壁がそそり立っているかのような威圧感を覚える。

このオークは前に来た時もいた。確かオーク隊の隊長らしく、他のオークたちよりも一段と強いらしい。

「あの……今日は一緒に訓練してもいいですか？」

「はっはっは！　姫さんが訓練か！　いいぜいいぜやってきな。武器はどうするんだい？」

「持ってきましたっ」

とミルは持っていた大きなリングを見せる。さっき雷の槍《やり》でリザードマンを攻撃したあのリングだ。

「魔具か？　おいおいそんなんじゃ訓練にならねぇぜ？」

「いいんです。オークさんはそこに立って、攻撃を受けてくれるだけで。ダメですか？　やっぱり？」

やはりやられ役というのは嫌だろうか？　ただのサンドバッグになるわけだから。

「はっはっは！　いいぜ。俺は丈夫だからな。好きなだけやってみな」

豪気な性格だ。見た目通りというか、心が広い人で助かった。

「じゃあ行きます！」

リングに魔力を送ると、オークに向かって雷の槍が放たれた。

「うおっ、結構いてぇな」

リザードマンと違って、ダメージはあるものの気絶するほどではないようだ。隊長だからかそれなりに耐性もあるようだ。

(倒さなくてもレベルって上がるのかな)

念のために自分の能力を調べてみたら、しっかりと1レベル上がっていた。

「おおっ！」

「ん？　どうしたんだい？　姫さん？」

オークが首を傾《かし》げていた。ミルがウィンドウを見ていることはオークにはわからないから無理ない。

けどこれで経験値が入ることが立証された。気絶させた時より少しずつだけど入るなら繰り返せばいい。

「もっといっていい⁉」

「どんどん来い！　まだ休憩時間あるから好きにしていいぜ」

優しい。訓練の合間の休憩時間を使ってくれていたようだ。せっかくだからこっちも遠慮せずにやらせてもらおう。

「じゃあどんどん行くよ！」

「おう来い！」

「えい！」

バリバリ！

「おっ、今のは効いたぜ」

「えいっ！」

バリバリ！

「おお……なかなか気合入ってるな」

「えいっ！」

バリバリ！

「うっ、手が痙攣《けいれん》してきやがった」

「えいっ！」

バリバリ！

「ちょ、ちょっと激しすぎねぇか？」

「えいっ！　ふぅ腕疲れてきた」

バリバリ！

「あ、足がしびれてきやがった」

それから三十分経《た》ち――。

「ま、待て！　少し休憩させてくれ！」

「え？」

連続して五十回以上撃っただろうか。

レベルは現在30レベルになっていた。当然まだまだちからの値は850にはたどり着いてない。

「はぁはぁ……なんか攻撃するごとに強くなってないかい、姫さんや」

15レベルの時と比べて30レベルの方が能力値が高いからだろうか。どうやら魔具の威力は能力値の高さで上がるらしい。これは初めて知った。

「いつつ……」

オークが腹を手で押さえていた。さすがに調子に乗ってやりすぎちゃったみたいだ。お腹《なか》のところがちょっと焦げている。

「あ、ごめんなさい」

「いいってことよ。これくらい唾つけときゃ治る」

がはは、と笑っているものの、ちょっと可哀《かわい》そうだ。

「ううん、ちゃんと治療するね。ヒール！」

初期治癒魔法のヒールを使って、オークの腹に手を当てる。淡い光が傷痕を包み込み、即座にケガが治った。

「おっすげぇ」

焦げていたところをぼりぼりと指で掻《か》きながらオークは感心していた。

「おお、治癒魔法か？」「あれって人間の姫さんだよな」「俺にも使ってくれないか！」

いつの間にか周りには訓練で軽傷を負ったオークたちが集まっていた。ここでケガをしても魔法で治したりせずに薬草か自己回復で治すらしいから、こういった治癒魔法は貴重なのだろう。

「あ、じゃあ順番なら」

と言ってミルは一人ずつヒールをかけていく。

「すげぇ！　治ったぜ」「気分が和らぐ～」「まるで聖女様だな」「おっ、それそれ！　癒やしの聖女だ」とオークたちは絶賛。

「聖女様！」「聖女聖女！」とコールされるようになってしまった。

「えへへ、ありがとうございます。でも魔力が切れちゃってこれ以上は無理かも」

「そっか」「残念だぁ」ともっと癒やしてほしかったらしい。

（魔法もいいなぁ）

こうして魔法を使っているのも気持ちがいい。魔剣ラグナロクを使えるためのレベルアップだったが、治療魔法を極めるのも悪くないし、攻撃魔法も極めたいとも思う。

そういえば魔王城の書庫には王都にはない魔導書が大量にあった。かしこさを上げればそれらの書物を読み解くことができる。もう少しレベルを上げて習得できる魔法が増えてきたら一旦書庫に行くのも悪くない。

（でも前衛職もやりたいなぁ）

やっぱり武器を持って山のような火吹き竜とかオークさんとかと戦いたい。今はいないけどパーティの前に立ってみんなから「任せた」と言われたい。

「むふふ……」

「お、どうしたんだい姫さん」

隊長オークが首を傾げる。

「ううん！　こっちの話。それでもうちょっと――」

「あっ隊長！　少しいいですか！」

周りにいたオークが話しかけてきた。どうやら部下のオークらしい。みんな同じような顔だけど体格が少し小さい。

「お、わかったすぐいく。――悪いな姫さん。ちょっと行かねぇといけなくなった」

「うん、ありがとう！　また来ていいかな……？」

「いいぜ、好きなだけ付き合ってやるよ。みんなもいいよな！」

「おぉっ！」「もっと来て癒やしてくれ聖女様！」「聖女聖女！」

「あはは……」

その中心に立っているミルは困ってしまっていた。

オークたちの聖女コールが止まらない。ちょっと治してあげただけなのに大げさだ。

はっはっは、と言いながらオークは部下と共に訓練へ戻っていった。

「よし……明日からはもっとレベル上げしよ！」


こうして猛特訓が始まった。

午後の暇な時間を使ってオークたちの訓練場へ通い、ミルの攻撃を受けてもらう。

「おう姫さん！　今日もやるのかい」

「うん！　お願いします！」

レベルが上がってきて魔具じゃなくてもダメージを与えられるようになったので、オークに訓練用木剣で攻撃するようにした。その方がダメージが少ないし、得られる経験値も同じだからだ。

「今日もお願いしまっす！」
「おうどんとこい！」

40レベル。片手で扱っていたから『片手剣適性（小）』のスキルが付き、木剣を使っての攻撃でよりダメージが入るようなった。
同時にたまにオークが痛そうに顔を歪《ゆが》めることもあった。

「今日もお願いします！」
「お……おう、任せろ！」

50レベル。一発攻撃しただけではレベルが上がらなくなった。
それに付随してかオークも腹で受けるとかなりのダメージを喰《く》らうようになったので、

鎧《よろい》を着てもらった。

「す、少しだけならな」

「お願いします！」

60レベル。何発殴ってもすぐに上がらなくなった。隊長オークのレベルは80。だいぶレベルが肉薄したせいか、おそらく経験値も入りにくくなったのだろう。

「今日も……あれ？」

「ま、待て今日は休みだ」

だいたい一週間が経ってからオークは攻撃を受けてくれなくなった。代わりにオークたちとの模擬戦を提案してくれて、今度は実戦形式でレベル上げをすることになった。

まあ勝ったり負けたり。実戦なんて城にいた頃はしたことがなかったから、戦いの駆け引きなんて知らなかった。でも戦う内にスキルを獲得できたし、殴らせてもらっていた時と比べてレベルの上がり幅は大きかった。

名前：ミル　レベル：65　HP：785　MP：662
ちから：455　みのまもり：394
かしこさ：502　きようさ：382
すばやさ：380　うん：144
パッシブスキル：片手剣適性（大）軽装備適性（中）強靭《きょうじん》、不屈、魔法剣士、早期習得、聖人、探知
アクティブスキル：炎魔法、氷魔法、雷魔法

かしこさも高くなってきたし、これなら書庫の禁術書を読み解くことができそうだ。

意外とかしこさも高い。これぱかりはおそらく人の個性があるのだろう。前衛向きや後衛向きなど、レベルの上がり幅が人によって違うのだと思う。

それに鍛え方も影響あるかもしれない。武器で戦うと『ちから』が魔法で戦うと『かしこさ』が上がるとか。

ちからとかしこさが高いから魔法剣士向けかもしれない。パッシブスキルにもいつの間にか魔法剣士のスキルがついているし。

かしこさ500を超えたからそろそろ習得しに行ってもいいかもしれない。ずっと戦ってばかりで飽きてきたところだ。

「次はちょっと書庫行ってみようかな」

◇

翌日。

魔王城の大書庫へと赴いた。

見上げるほど高い天井と壁一面にびっしりと敷き詰められた古い蔵書。天窓からは明かりが入っていて、中は意外と明るかった。

饐《す》えた本の匂いはどことなく心を落ち着かせる。こうして本に囲まれていると自分は本好きなんだなと認識させられる。

今は誰もいないようだ。歩くたびにコツコツと靴の音が書庫内に反響する。

「よーし！　読むぞ～」

近場の本棚から数冊の本を取り出す。一冊一冊が分厚いので体の小さなミルが両手で抱えられるのは三冊が限界だった。

それを書庫にあるテーブルにどかっと置く。

椅子に座ったミルは一ページずつ読んでいく――わけではない。

「えっと、確か女神の瞳で……」

魔導書に手をかざすと、目の前にウィンドウが現れる。

上級魔導書：ダークミスト

必要能力値：かしこさ-25

この本に書かれた魔法の名前とそれを理解するための必要能力値が表示される。この表示に能力値が満たない場合、仮に内容を全て読んで覚えていたとしても魔法を使うことができない。

ミルはウィンドウの『ダークミスト』に触れる。

ダークミスト：闇の禁忌魔法。黒い霧を周囲に展開する。かしこさの値によって霧の量を上昇させられる。さらに使用回数を重ねると属性を付加できる（習得可能）

能力の詳細が出てきた。ミルはゆっくりと深呼吸してから詠唱する。

ミルなら女神の巫女《みこ》の力の一つ――『女神の知悉《ちしつ》』を使えば内容を理解することができる。

ミルはゆっくりと深呼吸してから詠唱する。

「女神の知悉――ラーンナレッジ」

そう唱えるとミルが持つ本が淡く白い光に包まれた。そして光が一部ずつ溶けていくかのように粒子となり、次々とミルの体の中へと吸い込まれていく。

ミルの脳内にこの本に書かれている内容、術式が明確なイメージとして湧いてくる。

ただ能力値がギリギリだと習得に時間がかかったりする。前に王都で炎魔法を習得しようとした時は『ファイアボール』を覚えるだけで二時間かかった。

けどこれは必要能力値を四倍近く超えている。

それでも時間はかかったりするが、ミルには『早期習得』という先天スキルがある。おそらくこれのおかげで多少なりとも習得にかかる時間が短縮されているはずだ。

五分経《た》って、淡白《あわじろ》い光全てが粒子となってミルの中へ吸収されて行った。

目を閉じると脳内に術式が浮かんでくる。

「よし……ダークミスト！」

何もない虚空《こくう》に向かって手を突き出し、魔法を唱える。

すると手のひらから黒煙が噴き出し、みるみるうちに周囲を覆っていく。

「おおっ！　できた！」

この魔法は周囲を黒く塗りつぶし、目くらましさせる能力があるらしい。それだけではなく、霧に冷気や熱気を付与することも可能らしい。汎用性が高そうだ。

魔法にも使えば使うほど熟練度が増し、より精度が増していく。今出したダークミストものの数秒で霧散してしまった。

「でもなんでこんなのが禁忌魔法なんだろ？」

そもそも禁忌魔法とはなんだろうか？

女神の瞳で見た時には『闇の禁忌魔法』と書かれているけど、実際に普通の魔法とどう違うのだろうか。

わかっているのは普通の攻撃魔法には『属性』があって炎、氷、雷、土、風の五属性に分類される。それらを組み合わせたり特化したりすることで様々な効果を引き出すことができ、やがてオリジナルの魔法に到達する。

ここにあるのはそのどれにも属さないから『禁忌魔法』とされているのだろうか。はたまた魔族が使う魔法だから『禁忌魔法』なのだろうか。

でも――まあ。

「使えるならなんでもいいよね、よし！　次々！」

　完全に霧が消えてから、ミルは次の魔導書に着手する。

　禁忌魔法になんらかのデメリットがあったとしてもその時はその時だ。

『女神の知悉』を使って次々と魔法を習得していく。

　それから二時間が経った。

　結構、いろいろと習得できたと思う。

　例えば、死体をアンデッドとして蘇《よみがえ》らせ意のままに操る『ターンアンデッド』や対象に精神的苦痛を与え、精神崩壊を引き起こし発狂させる『マインドブレイク』、辺り一帯に強力な毒の霧を発生させる『ポイズンミスト』などなど……。

「もっと炎！　とか氷！　とかの魔法ってないのかな？」

　これでは魔族が使う魔法だ。

「そういえばここ魔王城だったっけ……」

　魔族が使う魔法しかないのは仕方ない。でも魔法は魔法。覚えておけばきっと冒険の役に立つし、時間もまだまだある。

　ここでとりあえずレベル上げばかりだと退屈だし、冒険のためになる禁忌魔法を極めちゃうのも悪くない。

「もうちょっと覚えるぞ〜っ」

ぐっとガッツポーズ。

書庫には魔導書以外もあるので、禁術が書かれた書物を見つけるのは大変だった。

「あっ！　これいいかも！　これも覚えたら楽しそう〜」

とバイキング形式で次々と本棚から書物を取り出し、テーブルに置いていく。

結果覚えたのは対象の生命力を奪い自分の糧《かて》とする『ライフドレイン』、一時的に破壊力を増強させる『パワーオーバー』、局所的爆発を引き起こす『ブラストエンド』などなど。

やっぱりどこか魔族っぽいのは否《いな》めないが、冒険の中で役に立ちそうな魔法だ。

例えば『パワーオーバー』なんか冒険中、通り道に重たい岩石が邪魔していた時にどけるのに便利だし、『ブラストエンド』は凶暴な魔物と戦う時に役立ちそうだ。

どれも並の魔法じゃない。少なくとも王都にいた時はこんな魔法を持っていた冒険者はいなかった。

他にも魔導書ではないが、魔王城周辺の地理が描かれた本とか魔族を襲う危険な魔物が書かれた本とか、魔王城を出た後で覚えておいた方がいいような本がいくつもあった。

それらはスキルではないので女神の知悉で覚えることはできなかった。おかげでじっくり読む羽目にはなったものの、時間はたっぷりあったので、全て読み込んだ。

そんな感じで便利な本を探していると――。

禁断の魔導書：エクスティンクションゲート
必要能力値：かしこさ一〇〇

「おおっ！」

とうとうミルの能力では解読不可能な魔法に巡り合えた。さっそく詳細を確認する。

エクスティンクションゲート：特大消失魔法。局所的に異世界とのゲートを発生させ、局所的に空間を削り取る魔法。いかなる防御魔術でも防ぐことはできない。

「なんか強そう！」

消失魔法というのがどういうものか知らないが、このレベルの魔法はこの書庫全体を通してもトップクラスの禁忌魔法だろう。

「習得してみたいけど……」

かしこさの値が１０００必要なんて見たことがない。今のレベル65では全然足りない。

かといってオークたちと戦ってもレベル差がそれほどないからあまり上がらない。

「うーん、魔剣ラグナロクも欲しいけどこれも欲しい～」

かたやあっちは『ちから８５０』こっちは『かしこさ１０００』、とりあえず極めてみることにしたけど、これを習得するにはどれだけかかるか……。

早く退屈な魔王城を抜け出して冒険したい。そのためには退屈なレベル上げを地道にするのも大変すぎる。でも禁忌魔法も極めたい！

もっと強い魔族と戦えれば……。

魔王とやれればいいのだが、あの人は初日以降姿を見せないし、他の人に聞いてもどこにいるかわからない。

「あっ」

強い魔族——心当たりがあった。

◇

「弟……ですか？」

夜、自室に戻ってから、侍女になってくれたクローエルにグランのことを聞いた。

「はい、強い魔族の人をお手合わせしたいと思って」

この魔王城に来て最初に女神の瞳でステータスを見たデーモン族の魔族――グラン＝ニューマンならミルのレベルの倍近くあるから少し戦えばすぐにレベルを上げられるだろう。

「お手合わせ？」

「あっ、実はヒマだからちょっと強くなりたいなぁって」

城から出たいという意味合いは伏せておいた。

クローエルの弟だから聞けば居場所がわかるかと思ったが……。

「すみません。弟は魔王様御付《おつ》きの魔族。現在、魔王様と共に出払っております」

「うーんそっかぁ……ちなみにいつ帰ってくるとかは？」

「それは存じ上げておりません。魔王様は気まぐれな方でして、長い時は一月ほど城を空けることがあります」

「一ヵ月も⁉　どうしよ～他に強い人に心当たりないし……誰かいませんか？　できればグランさん以上の人がいいです」

と訊《たず》ねると「そうですね……」とクローエルは顎に手を当て、

「マリー様ならおそらくグラン並みかと思われますが……」

どこかで聞いたことがあると思ったら、宝物庫で会ったリザードマンが捜していた魔王の娘だ。

「魔王の娘って子のこと？」

「ご存じで？」

「名前をこの城のリザードマンさんから聞いただけだよ。強いんだ」

　ちょっと会いたくなってきた。どんな子なのだろう。

「強さでいうなら間違いなくこの城の兵よりかは強いですね。他にも魔王直属の四天王の方なら弟より強いと思います」

「四天王？」

　そんな人たちもいたんだ。

「はい、ですが彼らも気まぐれで城を空けることがあり、現在誰もおられません。マリー様もお忙しい方ですのでおそらく付き合ってはくれないでしょう」

「そうなんだ……」

　意外と魔王城って魔王様とか直属四天王とか除けば強い人いないのかも。
ちから850はまだしもさすがにかしこさ1000はきついし、あの禁術は諦めるかぁ、
とため息を吐《つ》いた時だった。

「もしよろしければ私がお相手いたしましょうか？」

「え？　クローエルさんが？」

「はい、私も弟とは共に研鑽《けんさん》を積んだ仲ですので、それなりに腕に覚えはございます。お望みなら魔族流の剣術もお教えいたします」

「いいの⁉」

「お望みならなんなりと」

ペコリと一礼するクローエル。

すごくありがたい。オークたちとの手合わせで実戦の練習にはなるものの、剣の扱いとかはみんな我流で剣術とは違っていた。

しっかりとした型を覚えられるなら、これから冒険して戦いを経験するのに大いに役に立つだろう。

「でもいいんですか？　人間の私なんかに魔族の剣術なんて教えて」

「私が魔王様に申しつけられたのは『ミル様が困っていたら協力してやれ』ですので、命令に従っているまでです」

淡々と話す中にもどこか温かみを感じた。命令に従っているまでとは言うものの、全然嫌そうに見えない。

「でも裏切り……とかになりませんか？」

というとクローエルが「ふふっ」と初めて笑みを見せてくれた。

「だとしたら私はとうの昔に裏切者《うらぎりもの》として断罪されていますよ」

「え？　それってどういう――」

クローエルと魔王、二人の間にはミルの知らない強い信頼関係があるのかもしれない。

でもそれを訊ねる前に「今から行きますか？」と聞かれた。

「今からいいの⁉」

「ミル様が望むなら――それに夜中ですと訓練場が空いておりますので」

夜の秘密特訓――なんだかドキドキする！

◇

名前：クローエル　レベル：130　HP：2480　MP：750
ちから：1210　みのまもり：1589
かしこさ：1883　きようさ：1670
すばやさ：1900　うん：550
パッシブスキル：魔族、魔眼、魔力充填、片手剣適性（大）闇魔法耐性（最大）呪い耐性（最大）覚醒

アクティブスキル：闇魔法、幻影魔法、崩影斬、魔の一閃《いっせん》、裂傷斬、闇の咆哮《ほうこう》、闇の霧

「強い……」

ミルも十分強くなった方だが、クローエルは圧倒的にその上をいっていた。能力値がグランより高かったり低かったりするのはおそらく鍛え方が二人で違うからだ。特にすばやさの値が全然違っていた。

その他スキルはほとんど同じだった。

「あの、クローエルさん」

「なんでしょう……」

向かい合うクローエルは木剣を手にしている。その立ち振る舞いは侍女の服だというのにどこか歴戦の戦士を彷彿《ほうふつ》とさせる。

「四天王ってどれくらい強いんですか？」

「四天王一人と私一人の一対一ではまず勝てません。ですが弟と二対一なら勝機はある、というくらいでございますね――まあ諸説ございますが……」

「え？　諸説？」

「いえなんでもございません」

となると、レベル130よりも少し強いくらいか。となると魔王と四天王を除くとクローエルって魔王軍でもトップクラスの強さなのでは？

「さあ、始めましょうかミル様。まずはお好きなように剣を構えてください」

「はい！」

「お好きな魔法を唱えていただいても構いませんよ」

「わかりましたっ！」

こうしてクローエルとの夜の特訓が始まった。

目的はレベルを上げてかしこさを1000にすることだが、剣技を教えてもらうのはやぶさかではない。

魔法を使うと『かしこさ』の値が大きく伸びると思い、魔法を使う許可をもらった。剣も使うから『ちから』の値も伸びるはずだ。

でも魔法の種類は選ぶべきだったかな、とちょっと後悔。

「う……毒ですか。まさかそんな魔法を覚えていらっしゃるとは」

「あうぅ、ごめんなさい。便利だったんでつい」

「まさかミル様が毒の魔法とは……顔に似合わずえげつないですね」

ちょっと引かれてしまった。

でも手を抜いていてくれたのか、魔法による攻撃がしっかり当たっていたのでレベルの上昇は結構高かった。

「剣術において足運びは基本です。つま先に加重を移し踵《かかと》は少し浮かせるように」

「はいっ」

剣を振るうだけが剣術ではないとクローエルに教えられた。魔導書と違ってスキルにならない実戦の経験は実際に行動に起こさないと身に付かないものだ。

それでもミルには剣術の才能があったのか、クローエルからは「初心者とは思えない上達ぶりです」と驚かれた。

そんな夜の特訓が一週間続き……。

「今のミル様にはこの城に勤めるオークでは太刀打ちできないでしょう。それほどまで上達いたしました」

「ありがとうございますっ」

たった一週間だけど、クローエルからいろいろな剣の間合いの取り方や足運びなどの基礎を教えてもらった。我流でぶんぶん木剣を振り回していた時からすれば結構強くなったと思う。

「さすがですね。人間はとても覚えが早いと以前に魔王様に言われたことがございます」

「えへへ」

「しかし——なぜこんな強くなりたいと思ったのですか？　暇つぶしにしてはとても熱心でございましたが」

「えっと……それは……」

城を出る時に追っ手から逃げられるためと実際の冒険で強い魔物と戦えるようにです
——なんて言ったら逃げられないように手錠されちゃうだろうか。

「意地の悪い質問でしたか？　囚《とら》われたままでは退屈でしょうし、私は構いませんよ」

「う……」

どこか見透かされたような目を向けられた。強くなって外に出たいってバレてる？

「それはさておき——最後に魔族の剣技を覚えてみますか？」

剣技──スキルのことだ。基礎はできてきたけど、スキルはまだ教えてもらってない。せっかくだから欲しい！

「お願いします！」

「では──実際の剣でお見せします」

クローエルは訓練場の壁にたてかけてある剣を手に取った。鞘《さや》のついた本物の刃の剣だ。それを鞘に収めたまま、クローエルは剣の柄《つか》に手をかける。

「居合……？」

同じような型を王都で見たことがある。あれは剣を抜くと同時に切り払う居合の型だったはずだ。

「──魔の一閃」

目にも留まらぬ速度で剣が抜き放たれる。同時に虚空《こくう》に向かって切り出した刃から黒いかまいたちが放たれた。

そのかまいたちは離れた位置の訓練用藁《わら》人形を真っ二つに切り裂いた。

剣戟《けんげき》を飛ばした──まさしくそう表現すべき現象が目の前で起こった。

「威力を高めれば広範囲に刃を飛ばせます。コツは魔力を剣に込めること──おそらくミル様ほどの人なら今の一回で覚えられるはずです」

とクローエルが剣を手渡してきた。それを受け取ったミルは先ほどクローエルがやった
みたいに鞘に剣を収めたまま、腰で構える。

「魔力を込めて剣を抜く……んですよね」

「はい。まずはやってみてください」

すぅ、と息を吸い、手に魔力を込めるイメージを頭で思い描く。

──そして同時に抜き放つ。

「魔の一閃！」

発声と同時に剣を抜き放つ！

刃から黒いかまいたちが発生した。

「やった！」

だけど、クローエルの時と違い、かまいたちは空中で霧散してしまった。

「ああ……失敗しちゃった」

「後は上達あるのみです。毎日繰り返していたら、ミル様なら離れた位置に攻撃するのに
一週間もかからないでしょう」

「ありがとうございます！　──でもどうしてこんな親切にしてくれるんですか？　私、
一応捕虜なんですけど」

　リザードマンが言っていた。この城ではそういう扱いらしい。クローエルがここまで尽くしてくれる理由が知りたかった。

「実は私もこの城に仕える前は冒険に憧れていたのでございます」

「そうなの⁉」

　新事実！

「同じ夢を持つミル様の手助けになればと思いまして、手ほどきをしたのです」

「そうだったんだぁ」

　同じ夢を持つなんてちょっと照れてしまう。

「ええ、嘘《うそ》です」

「嘘なのぉっ⁉」

　表情が読めないからどれが真実でどれが嘘かわからない。でもこうして手助けしてくれたのは事実だし、助かっている。

　クローエル自身もどこか思うところがあってやってくれたのだろう。これ以上の詮索は無粋な気がした。けど――。

（私が冒険に憧れているってクローエルさんに言ったことあったっけ？）

　気になるけど、まあいいか。

――短い期間だったが、クローエルとの特訓は終わった。そして能力値は必要レベルに達した。

名前：ミル　レベル：110　HP：1235　MP：977
ちから：1010　みのまもり：709
かしこさ：1042　きようさ：733
すばやさ：843　うん：205

クローエルとの模擬戦を挟んで何度か勝てたのがレベルアップに大きく貢献した。もちろんクローエルは手加減していたが、『強い魔族を倒す』ことには変わらなかった。

目標は達成した。

目当ての能力以外の伸びは横並びだが、65レベルからの伸び率は高かった。もしかするとその辺りは個人差があるのかもしれない。自分はたまたま晩成タイプの伸びだったのだろう。

◇

「習得……できた！」

翌日、書庫に来ていた。

必要能力値がギリギリだったからか、ものにするのに二時間近くかかった。昼から始めてもう夕方だ。書庫の天窓からは夕焼け空が見える。

特大消失魔法エクスティンクションゲート。さっそく使ってみたい。

「丁度いいもの……丁度いいもの……あっ」

そういえば訓練場に訓練用の藁人形があった。あれ目掛けて撃てば威力を確かめられる。

さっさくミルは本を棚に戻してから、駆け足で訓練場へ向かった。

――訓練場の扉を開けると、オークたちが丁度今日の訓練を終えておのおの休んでいるところだった。

「お、姫さん。今日も来たのかい？」

こっちに気づいたのは一回り体が大きい隊長オークだった。なんだか毎日見てたから顔が同じようなオークでも少しずつ個人差がわかってきた。

「うん！　ちょっと使わせてほしいんだけど」

というとオークはビクッと体を震わせ、

「お、おう……今日はちょっと訓練が終わっちまったからなぁ」

何度もボコっちゃったからか、ミルの『使わせてほしい』発言を『殴らせてほしい』と勘違いしてしまっているようだ。ちょっと申し訳ないことをした。

「ううん、訓練用の藁人形を使わせてほしいの」

「藁人形？　別にいいけど、なんに使うんだい？」

「魔法覚えたから練習してみたくて」

「ああ、それならいいぜ。空いてるから好きに使ってくれ」

どこかホッとしたような表情のオーク。

「わぁ！　ありがとう！」

と訓練場の隅に置かれていた藁人形に向かい合う。

他の休憩していたオークたちも「おっ、聖女様だ」「おーい、あとで癒やしてくれぇ」

「聖女様なにするんだ？」とオークたちがわらわらと近寄ってきた。よく傷ついたオークたちを初期治癒魔法で癒やしていたから、懐《なつ》かれてしまっていた。

「緊張するなぁ……」

ミルと藁人形の周りをオークたちが取り囲んでいる。注目の的だ。

まあいいや、とミルはこほんと咳払《せきばら》いし、手を前に突き出す。

イメージは頭の中にある。空間にぽっかりと黒い穴をあけるイメージ――。

「エクスティンクションゲート！」

藁人形の胸の中心に小さな黒い玉が出現した。ペンタブラックのような一切の光を通さない暗黒の物質。鋼鉄の剣をねじり切るような奇怪な音と共に暗黒の玉が広がり、藁人形をすっぽりと覆い隠す。

「うおおっ！　なんだこれ！」「魔法か！」

オークたちの中には腰を抜かす者もいた。

しばらくして、球体は小指くらいの大きさまで縮み――消滅した。藁人形があった場所は地面ごとぽっかりと球体状に綺麗《きれい》にくりぬかれていた。

まさに空間ごと削り取る。それがこのエクスティンクションゲートなのだろう。どこに消えたのかはミル自身もわからない。

「ひ……」「は……へ……」みな絶句していた。先ほどの魔法を見たオークたちの表情からは恐怖の感情が読み取れた。あの闇の空間は見ているだけで生物的危機感を植え付けられる。そんな魔法だった。

「こ、これ……」

ミルは手が震えていた。あれを使えば確かにどんなものも、どんな魔法耐性があっても喰《く》らってしまうだろう。もし生き物に使えば――想像に難《かた》くない。

そんな様子を見て心配したのか、ポンとミルの肩に隊長オークの手が置かれる。

「確かに今、姫さんは恐ろしい魔法を手にしたかもしれねぇ。けどそれを生かすも殺すも姫さん次第だ。焦《あせ》らなくていい、じっくりと研鑽《けんさん》を積んで――」

「これすごい！　この魔法だったら不要な粗大ゴミとか一瞬で片付けられるし、ゴミ問題も解決するよ！」

「え……？」

ミルの頭には恐怖とか怖気《おじけ》とかそんな感情は一切なかった。

なんかいろいろ便利！　そんな気分でいっぱいだった。

「姫さん、怖くないのかい？」

「え？　ううん、ちょっと魔力を使いすぎるのが難点だけど、すっごく使い勝手よさそう！　えへへ、便利な魔法覚えちゃったなぁ」

天使のような満面の笑みを浮かべるミル。「お、おい笑ってるぜ」「なんか俺、あの子が悪魔に見えてきたよ」「ま、まあ本人がいいんならいいんじゃないか？」反面、ミルを取り囲むオークたちは引きつった笑みを浮かべていた。

「オークさんありがとう！　また実験に使いたくなったらくるねっ！」

んじゃあ！　と、たたっと駆けて訓練場を後にしたミル。

「「俺たち、ヤバい聖女を育て上げてしまったのでは……」」

ここの誰よりも格上になってしまったミルを想《おも》い、一同は口々にそう呟《つぶや》いたのだった。

◇

「宝物庫さん、また来ました〜」

ここに来るのも何度目か。古びた木の扉をゆっくりと開けた。

それから中に入り、隠し扉をオープンする。

「うんうん変わってない」

この前来た時と同じ姿で魔剣ラグナロクが壁にかかっていた。

ミルは剣を手に取り、鞘《さや》から引き抜く。

重くない。

この間は鉛のような重みを感じたが今は全く感じない。普通のロングソードだったとしてももっと重いはずなのに、まるで羽根のように軽い。

「これはいただ——借りるとして他にもいいのあるかな？」

剣に気を取られていて、他の魔具を調べてはいなかった。改めて有用な魔具を探す。

「ん？　なんだろ、これ」

壁に肩から下げる普通のバッグがかかっていた。どう見ても見た目は普通の布製のバッグだ。でも宝物庫に飾ってあるくらいだから並のバッグではないはずだ。

女神の瞳で確認してみる。

装飾品：ディメンションバッグ
必要能力値：なし
詳細：内部に異次元空間を作り出し、容量を劇的に増やしている。

見た目は肩下げの小さなバッグだが、中を開けてみると、大型バッグ並みの大きさの空間が広がっていた。

「こんな装飾品もあったんだぁ」

これなら手当たり次第に魔具とか入れられる。

「じゃあここにあるもの全部もらっちゃおっと」

ここのガラスケースにはブレスレットやらアンクレットやらブローチやらがいっぱいあるし

まわれている。大きなバッグがあるならこれは全部入るだろう。

「ん？　どうやって開けるんだろ？」

鍵穴があった。近くに鍵はないだろうか。壁にかかっている剣や鎧《よろい》を調べていると――。

「あっ」

パリン！

隣に飾ってあった鎧を倒してしまい、そのままガラスを割ってしまった。

「割れちゃったら仕方ないよね」

と魔具をバッグに放り込む。傍《はた》から見たら盗賊の類いと間違えられてもおかしくない。

「あとは鎧だけど……これでいいか」

倒れた鎧とは別に黒いライトアーマーが飾られていた。身軽に動けるいい鎧だ。

実際に長いこと冒険をするならこういう軽い鎧の方が何かと役に立ちそうだ。そもそも重い鎧を着て旅をしたくない。疲れるし。

これもバッグに詰める。普通なら入らないけど難なく入った。まだ余裕はありそうだ。

あらかた魔具や武具をいただいて――。

「ふう」

一息つく。レベルは上がった。武器はもらった。禁忌魔法も習得した。

「これで大丈夫かな」

――冒険の準備は整った。

◇

翌朝、本来なら玉座の間に出向き、女神の瞳で魔族の方々の能力を見たり、女神の祝福でスキルを開花する時間だが、今日は違う。

今のミルの姿は動きやすい服に短めのスカート。その上に宝物庫で借りた魔剣ラグナロクを腰に差し、軽鎧《けいよろい》を身に着けている。肩下げのバッグを持って、準備は万端だ。

最後に自室の扉を閉め――部屋に向かって祈るようなポーズをとる。

「今までお世話になりました。私は城を出ていきます」

この城出は事前に誰にも言うわけにはいかない。普通に反対されるからだ。

「よしっ――あれ？」

くるっと振り返りかえると、廊下の真ん中に大きな布袋が置かれているのがわかった。

なんでこんなところに？　と布袋を手に取ると、何やら手紙が一枚床に落ちた。

拾い上げて読んでみる。

『ミル様。もしも冒険に行かれるのなら、外の世界での必需品を詰め合わせました。

行く当てがないのでしたら、これより同封した方位磁石を頼りに東へお進みください。道中いくつかの村々と人間の栄えた街がございます。さらにそれより東に進むと長い道中でございますが王都もあります。短い間でしたが、ミル様に会えて嬉《うれ》しく思います。道中お気をつけて。

PS：人間の言葉で書いたのですが、うまく伝わりましたか？

クローエルより』

中を調べてみると、方位磁石に三日分程度の食料、カンテラに周辺の地図が入っていた。言われてみればこれから外の世界に出るというのに、戦うことばかり考えていた。冒険者なら身の回りのことを考えなければならない。

「食料も――あっ」

植物辞典も入っていた。食べられる野草、キノコなどが事細かに書いてある。

これはありがたい。これから東に進んだら森林地帯に突き当たるらしいので、そこで役に立ちそうだ。

「ありがとうございます。大切にします」

（やっぱりクローエルさんにはバレてたんだ）

きっと自室にいる時にぽつりと呟いた「冒険に行きたい」という独り言をクローエルは

聞いていたのだろう。

ミルがこうして出ていくことをなんとなく予感していたのだろう。魔王軍の魔族という立場でありながら、こうして後押ししてくれるのはとても嬉しい。

異次元バッグの中に袋を詰め、魔王城の城門へと向かって行く。

――そういえばどこに行こうか。

外に出ることを目的としていて、結局どの方向へ向かうか決めてなかった。クローエルの手紙によると東に進めば街があるらしい。

「お父様たち……心配してるかなぁ」

もう一ヵ月近く経《た》って捜索隊も結成されているだろうし、父上のことだから心配で寝込んでいるかもしれない。

「でも冒険も楽しんでいいよね」

父上には悪いけど、冒険をめいっぱい楽しもう。でも当てもなく冒険するのは嫌なので、王都に帰ることを目標にしよう。それで道中をめいっぱい楽しむ！

――目標は決まった。でもどれくらいの道のりになるかわからない。

心配は心配だけど、やっぱりこれからの冒険に胸が躍っていた。

ワクワクしながら歩いていくと――城門前の通路に出た。まっすぐに赤い絨毯《じゅうたん》が敷かれ、両脇には悪魔像が立ち並ぶ廊下。どことなく玉座の間に似ている。奥には見上げるほどの大きな両開きの城門があり、あそこから出たらもう外の平原だ。

そんな希望の城門を目《ま》の当たりにして、問題が一つ浮上した。

「そういえば門番さんいるんだった……」

見上げるほどの巨人の門番が二人。全身を金のフルメイルで覆い、手には巨大なハルバードを握った対の巨人たち。オークよりも大きい。ミルみたいな小柄な人間なら手で握りつぶすこともできそうだ。

どれくらい強いのか、ミルは悪魔像の陰に隠れながら、巨人に向かって手をかざす。

名前：グレゴリオ　レベル：75　HP：2800　MP：155
ちから：390　みのまもり：422
かしこさ：126　きようさ：189
すばやさ：59　うん：23

「およ？」

HPこそ高いが、レベル75だった。

調べてみると、もう一人の巨人も同じくらいの強さだった。

ちからとみのまもり以外は75レベルでも見劣りするくらい低い。スキルもいくつかあったが、魔法とか一切使わない物理型らしい。

「もしかすると、勝てるかな？」

このまま押し通ることもできそうだ。

念のため書庫で得た一時的に破壊力を増強させる魔法――パワーオーバーを自身にかける。これによって拳一つで壁をぶち抜くくらいの力を得た。

ごくっと唾を飲み込み、ゆっくりと二人の巨人たちの前に出る。

「止まれ！　何者だ」

「ぬしは人間の姫君か？　我らが守護する門に何用だ？」

二人の巨人がハルバードをクロスさせ、ミルの前に立ちはだかる。

「えっと……そろそろ実家に帰ろうかなぁ～って」

「何人《なんぴと》たりとも通すなとの命令だ」

「いかなる理由があろうとも通せぬ」

門番としては正しい、反応だ。すんなり通れればよかったけど、じゃあ仕方ないか。

「それじゃあ無理やり通っちゃうけど……いいですか？」

と言うと、門番たちは鉄仮面の下でけらけらと笑う。

「ぬしのような小人がか？」

「我らを倒すと？　面白い、やってみ――」

ボゴォ。


「「え？」」


ミルの行動に巨人たちは固まる。

「んっ……しょっと」と言って持ち上げたのは傍《そば》にあった悪魔像だ。ミルの倍以上もある石像を両手でかかえる薄幸の少女。巨人たちにはそう見えていただろう。

「それじゃあ投げますけど、危なそうだったら避《よ》けてくださいね――えいっ！」

ぶんっ！　と悪魔像を投げると「うおっ！」と巨人たちは横っ飛びで像を回避。ボゴン！　と城門に石像が当たり、扉の一部がへこんだ。

「よいしょっと……」

次なる悪魔像をつかみ上げ「えいっ！」と再び遠投。「うおわっ！」と巨人たちはまた横っ飛びで避ける。石像がぶつかった石壁が大きく欠けた。

「この姫君……ただ者ではない！」「ならば我らの全力で止めるのみ」

巨人たちは次の石像を投げられる前に、ハルバードの柄尻《えじり》を持って、ミルに全力で振りかぶる！

パシッ！

「え？」

あっさりとハルバードの斧《おの》を両手でがっちり摑《つか》んだミルは「よいしょっ！」と巨人ごとハルバードを振り回す。

「うおおおっ⁉」

振り回された巨人は悪魔像をなぎ倒しながら、ごろんごろんと床に転がり――仰向けに倒れた。死んではいないだろうけど、ピクリとも動かない。

ミルの視線がもう一体の巨人へと向く。残った巨人はビクッとしたものの、

「許さぬ！」

と果敢にもハルバードを振り回しミルに襲い掛かって来る。

――だが結果は同じ、ハルバードを摑《つか》んだミルは今度は巴《ともえ》投げで巨人を投げ飛ばした。

「ぐおおっ！」と二体目の巨人も同じく、仰向けに倒し動かなくなった。ＨＰは削り切ってないし。

「あれ？　思ったより軽かったなぁ、巨人さんたち」

小さな少女の前に横たわる二人の巨人。力の差は歴然だった。

「に、人間とは……これほど強いものなのか……」「百年以上破られなかった我らの門が……」

それは申し訳ないことをした。だけど冒険欲求は抑えられそうにない。

ごめんなさい、とペコリと頭を下げてから、城門へと向かう。

「よーしっ！　これから新しい冒険が――」

「これ以上、人間にナメられるわけにはいかないのよ！」

背後から降り注ぐ女の子の声――と同時に、体に突き刺さる殺気を感じ、ミルは反射的に横っ飛びに回避した。

するとミルが元いたところに鋭い斬撃が走る。赤い絨毯から城門にかけて、縦にぱっくりと亀裂が入っていた。

「びっ、びっくりしたぁ!?」

ミルは振り返る。

倒れた巨人たちの前にいたのは、細身の女の子だった。けど人間じゃない。背中には小ぶりだが黒い翼、頭には逆巻く角がついている。魔王やクローエルと同じデーモン族だ。

整った顔つきに白い肌。それに冷たい目をしている。

そして特筆すべきはその手に持った自身の体よりも大きな鎌。神話に出る死神が持った大鎌のような不気味さを発している。

友好的ではなさそうだ。敵視しているかのような鋭い目つきをこちらへ向けている。

ミルはとっさに手をかざして女神の瞳を使った。

名前：マリー　レベル：108　HP：1750　MP：1093
ちから：880　みのまもり：755
かしこさ：889　きようさ：1203
すばやさ：982　うん：259
パッシブスキル：魔族、魔眼、魔力充填、暗視、闇魔法耐性（最大）炎魔法耐性（大）氷魔法耐性（大）雷魔法耐性（大）片手剣適性（中）大鎌適性（大）
アクティブスキル：闇魔法、デスサイズ、クロスウェイブ、サイズハリケーン、ロックエイブラ、ダークヒット

「マリー？」

確か魔王の娘のはずだ。まさか目の前にいるこのデーモン族の女の子がそうなのか。

強い。パッシブスキルもいろいろと揃《そろ》っている。暗視なんか夜戦に便利そうだ。

その他の能力値は明らかに魔王軍の他の人とは一線を画している。近衛兵《このえへい》のグラン並みの強さだ。

「ミル＝アーフィリアよね？　お父様が言ってたし」

「お父様？」

「会ってるでしょう？　あなたをここに連れてきたのはお父様だし」

「あっ」

思い出した。確か武器庫に行った時にリザードマンが言っていた。魔王の娘だ。

頭に双角、背中に悪魔の羽。魔王のよりもどちらも小さいけれど、確かにデーモン族の特徴がある。そして何より——かわいい。

顔立ちは幼さを若干残しつつも、整った顔立ちをしている。

体つきは完全に大人の女性になっている。胸は圧倒的にミルよりも大きく、服の上からでも引き締まった健康的な体だとわかる。

「あなたがいなくなるとお父様が悲しむの。このまま行かせないわよ」

と言って大鎌を構える。あんな武器もあったんだ、とミルの興味は武器へと向いていた。

けどすぐにぶんぶんと首を振り、腰から魔剣を抜く。

「よくわからないけど、私は冒険したい。このままじっとなんてしていられない」

「じゃああたしを倒すことねっ！」

同時に地を蹴る魔王の娘。

（疾《はや》い⁉）

一瞬で間合いを詰められ、大鎌の一撃を慌てて剣で受け止める。

キィン……と金属がぶつかり合う音が反響する。

一撃では済まず、鎌の連撃がミルを襲う。変幻自在に襲い掛かる鎌の斬撃をミルは受け止めるので精いっぱいだった。

魔王の娘と名乗っているのだから、オークたちや巨人たちよりも強いのだろう。実際こうして相対してわかる。

「はっ！」

ミルは隙を見て、鎌を弾《はじ》き、大きく距離をとる。

すぐさま納刀して腰で剣を構える。

「えっ……？」

魔王の娘の動きが一瞬固まった。チャンス！

「魔の一閃《いっせん》！」

剣を抜き放つと同時に黒い剣戟《けんげき》が飛ぶ。

「くぅ！」と魔王の娘は剣戟を鎌で受け止め、あっさりと受け流した。流された剣戟は近くの魔王像を真っ二つにした。

それを見てミルはぴょんと飛び上がった。

「すごいすごい！　今しっかり成功したと思ったのに、あっさりいなすなんて！」

「あなた……それ、どこで覚えたの？　魔族の技よね？」

「え？　クローエルさんから教えてもらったよ。他にもいろいろ剣を教えてもらったの」

「クローエルが⁉」

目を見開いて驚いていた。そんなびっくりすることだろうか。

魔王の娘は少し考え込むように俯《うつむ》いてから、

「もしかしてクローエルはあなたがここから出ていくことは知ってるの？」

「知ってるよ。冒険に必要なものもくれたし」

直接じゃないけど、黙認してくれているのは確かだ。

さらに魔王の娘は考え込むような仕草をした後、構えていた鎌を下ろした。

「やっぱり家に帰りたい？」

と魔王の娘は問いかけてきた。なぜだろう、戦って止める気はなくなったのだろうか。

ミルは「ううん」と首を横に振った。

「私ね、王都にいた時にずっといろんな冒険者を見てきたの。それでね、私も冒険者みたいに冒険したいって思った」

魔王の娘は黙って聞いていた。ミルは続けて、

「でも私は王女だからわがまま言えなくて……それで魔王城に連れてこられた時、チャンスだと思ったの？」

「チャンス？」

「うん！　冒険に出るチャンス！　お父様が心配するから王都に向かうつもりだけど、それまでの道中を楽しむつもり！」

それがミルの全てだった。ずっと抑えてきた好奇心をもう抑えきれなかった。

「人間も同じか……」

ふふ、と魔王の娘は笑った。

——なぜだろう、どこかその笑みが自虐的な笑みに見えた。

「いいよ。わかった。クローエルはもしかするとあたしに言いたかったのかもね。こういう生き方もあるって」

「それって……？」

どういう意味だろう、問う前に魔王の娘は続けて言った。

「あたしはマリー＝ガーランド。魔王の娘よ。もう会うことないと思うけど、道中気を付けてね」

「あ、わ、私はミル＝アーフィリア。一応、聖アーフィル王国の王女、です」

畏《かしこ》まった態度で返事をしてしまう。マリーの名前はいろんなところで聞いたから初めて会った気がしない。

「知ってる」

とマリーは笑う。最初に見せた冷たい目はもうそこにはなかった。

ミルは「もしかして」と思った。ずっと考えていた。このまま一人で旅をするのはそれはそれで寂しいと。

「あの！　もしよかったら一緒に行く……？」

「あたしと？」

魔王の娘――マリーはきょとんとした。けどすぐにフルフルと首を振る。

「ダメ、あたしは魔王の娘よ？　旅に――それも人間と一緒なんてお父様が許さないわ」

「そっか……」

当然と言えば当然か。それに初対面の相手に旅に誘われていきなりＯＫなんてしてくれるわけないか。

「さあもう行ったら？　あたしの気がまた変わるかもしれないわよ」

「あうぅ、じゃあ行くね！　見逃してくれてありがとう！」

てでっと駆けて、城門の前に行く。

「よしっ」

ぐっと気合を入れる。

準備は万端。外で戦う力も付けた。いっぱい禁術も覚えた！

（私の冒険……ここから始まるんだ！）

ミルは巨人並みに大きな城門の前に立ち、扉に手をかける。

「ふふふっ」

すると後ろでマリーが皮肉っぽく笑っていた。

「どうしたの？」

「ふふふ……ごめんなさい、まさか初めてこの城門に触った人間が外から入って来るんじゃなくて、中から出ていくのが面白くって」

「そう、なの？」

なんだかよくわからない。魔族独特の笑いのツボなのだろうか。

「誇りなさい。あなたはおそらく人類史上で初の魔王城からの帰還者になるわ」

「ありがとう、行ってくるね」

城門の扉に手をかけ、ぐっと押す。

重い扉が音を立てて開いていく。

そして城門が――完全に開いた。

「うわぁ……」

城は丘の上に立っていたらしい。目の前には跳ね橋があって、その先の眼下に城壁が城を取り囲むように立ち並んでいる。本当に外に出るには、もう少し出城内を歩かなければならないが――ここは外だ。

丘の上だから見渡せる。目の前には目一杯の平原が広がっていた。

ミルの期待は最高潮に達していた。

「いくぞ～！　ドラゴンさんとか見たことない魔物とかいろいろ会うぞぉ！」

出城の入口に向かってミルは駆け出していった。

第二章　はじめてのお友達です！

「わーっオオカミさんだぁ！」

魔王城から東に進んだところにある森林地帯。澄んだ空気が漂うこの鬱蒼《うっそう》とした森は地図によると凶悪な魔物が出る森として魔族の間では有名らしい。

そして現在。ミルの周囲には何匹かのオオカミが茂みからこちらを窺《うかが》っている。周囲を取り囲んでいるオオカミはグレイトウルフと呼ばれる魔物だ。ミルのことを森に迷い込んだ餌だと思っているのだろう。

「があぁっ！」

グレイトウルフの内一匹がミルへと飛び掛かった。

身構える暇もなくミルはグレイトウルフに押し倒される。容赦なく鋭い牙がミルの首筋へと肉薄する。

「ダウンズハンド」

倒れながらもミルは魔法を唱えた。するとミルの周辺の地面から半透明の黒く禍々《まがまが》しい人の手が生えてきた。ミルに覆いかぶさるグレイトウルフにその黒い手が纏《まと》わりつく。

「あははっ！　くすぐったいよぉ」

黒い手に纏わりつかれたグレイトウルフの牙はミルの首に当たっている。だが牙は全く首を傷つけていない。

ダウンズハンドは周囲に黒い手を発生させ、触れたもののちからを下げる魔法だ。

「があぁぁっ！」

二匹、三匹とグレイトウルフたちがミルへとのしかかっていく。首だけでなく、腕、腹、足などにかみつくも黒い手がグレイトウルフたちを次々包み込んでいく。

「五匹もいたんだぁ！　一匹、旅に連れていこうかな？　どれにしようかなぁ」

よしよーし、とミルは顎を撫《な》でてやる。ごわごわした毛が指先に絡《から》みつく。グレイトウルフたちは目つきが鋭くてカワイイんだけど、ちょっと息が臭い。

「スレイブチェーン！」

対象を拘束する暗黒禁忌魔法。ミルの周辺の中空に黒い球体をいくつも浮かび上がらせ、そこからいくつもの太い鎖が出現する。

「ぎゃおぉ!?」

鎖はオオカミたちの体に絡みつき、拘束する。自由になったミルは「よいしょ」と体を起こす。

「わーいっ、いっぱいお友達増えたぁ！」

「クゥン……」

グレイトウルフたちにはミルの笑顔がどう見えたのだろう。禁忌魔法を自在に操る圧倒的強者の前に、グレイトウルフたちは怯《おび》えた子犬のように体を震わせていた。

「一匹ずつ名前付けよーっと、えーと君はポチで、君は――」

と名付けをしていたその時だった。

「きゃっ！」

一陣の突風がミルを襲う。立っていられなくなり、ミルはその場に屈《かが》みこむ。暴風ともいえるような強力な風だ。周りに生えている木もメキメキと枝が折れた。

その風に気を取られている隙に、魔法の拘束が緩み「きゃうん」「きゃおん」とグレイトウルフたちはあっさりと立ち去ってしまった。

「あ～、行っちゃった～。お座り教えたかったのになぁ」

でもなんでこんな突風が？　と木々の隙間から空を見上げると、

「ぐるおおおぉぉおっ！」

大気を震わせるほどの咆哮《ほうこう》が鳴り響く。ミルの直上には赤い鱗《うろこ》の巨大なドラゴンがいた。

「山のような火吹き竜⁉」

ミルの興味はグレイトウルフからドラゴンへと変わっていた。

「あ〜、ルルドラちゃん！　待って〜」

命名――ルルドラ。すでに名前も決定済みだ。

飛んでいくドラゴンを見上げながらミルは追いかけていく。

「あれれ？」

高く飛んでいたドラゴンは何かを見つけたのか、ゆっくりと下降していく。もしかしてチャンスかも⁉　とミルもワクワクしながら駆けつけていくと――。

「ひぃぃぃぃ！　ド、ドラゴン⁉」

人の声だ。声だけだと魔族か人間かわからない。けどどうやらドラゴンが見つけたのはその人らしい。

「あっ大変！　躾《しつ》けないと！」

襲われているなら無視できない。ドラゴンを躾けて人を襲わせないようにしないと！

駆けていると、森を抜けて開けた道に出た。馬車が通れるくらい道幅が広い。その道の真ん中で空を見上げて腰を抜かしている人間がいた。大きな荷物を背負っていて、恰幅《かっぷく》のいい商人だった。

「大丈夫ですか⁉」

「あ、あんた！　そ、空！　ドラゴンだよ！」

声が震えている。ミルは商人の前に立って剣を抜いた。

「大丈夫！　近くで隠れてて」

ミルがそう言うと素直に商人は近くの茂みに身を潜めた。

ドラゴンがゆっくりと下降してくる。巨大な翼が羽ばたくたびに強風が巻き起こる。手や足には鋭い爪があり、巨大な双頭の角を生やした赤いドラゴンだ。その鋭い目がミルをまっすぐに捉えていた。

「おっきぃ～。意外とお腹《なか》がぷっくりしてるんだぁ」

「ぎゃおおおぉぉっ！」

咆哮と共に、剣を構えるミルを空から強襲する！

「ダクネスプラズマ！」

突き出した手から暗黒の稲妻を発生させる。触れたものに雷が纏わりつき継続的に苦しみを与える拷問用の禁忌魔法。

「ぐるるるぉおおお！」

雷の網がドラゴンに絡みつき、苦しみ悶《もだ》えている。

「ちょっとずつ鮮けるぞぉ。ポイズンミスト！」

毒の霧を発生させ、体の自由を徐々に奪っていく作戦だ。ドラゴンが霧に巻かれて、地面に落下していく。ズズンッ！　と地面に落ちたと同時に砂煙を上げた。

「後はスレイブチェーンで拘束して、首輪も付けて――」

とペット化に対して期待に胸を膨らませていると、

「ぎゃおおおおっ！」

「きゃっ！」

大きな咆哮を上げ、ドラゴンは体に纏わりついた雷の網を払った。ドラゴンを拘束するには威力が低かったようだ。毒の霧も効いているはずだが、まだまだ元気そうだ。

仕方ないなぁ、と剣を鞘《さや》に収め、居合の構えをとる。

「えいっ！」

ぶんっ！　と剣を振るい、威力を極限まで抑えた『魔の一閃《いっせん》』をお見舞いする。

「ぎゃおっ」「えいっ！」「ぐるぉっ！」「やあっ」「があおおぉおっ」

傷がつかない程度に暗黒の刃でドラゴンの体を連続攻撃。弱ってくれるかなぁ、と思っていると、「ぎゃあああおおおおおっ！」と一際《ひときわ》大きな咆哮を上げ、飛び立っていってしまった。

「ああ！　待って行かないで～」

毒の霧も効きが甘かったのだろう。手加減したのが裏目に出た。

ドラゴンはミルに背を向けて、空彼方《かなた》へと飛び去ってしまった。

「あ～あ、行っちゃった。意外とタフなんだぁ。背中に乗ってみたかったなぁ」

空を飛ぶ魔法があれば、追いかけられたのだが、残念ながらそういった魔法は魔王城の書庫には置いてなかった。もしそういう魔法があるなら早く習得したいものだ。

「お、お嬢ちゃん……？」

隠れていた商人がのそのそと茂みから出てきた。

「あっ、大丈夫ですか？　ケガとかは？」

と心配して歩み寄ろうとすると、びくっと反応した商人が二、三歩後ずさりした。

「い、いいいや！　大丈夫だよ！」

「？」

どこか怯えたような商人だった。

（なるほどぉ、ルルドラちゃんに怯えてたんだなぁ）

うんうん、と勝手に納得するミル。笑いながらドラゴンをいたぶる行為が傍《はた》からどう見えるのか、ミルは知る由《よし》もなかった。

「そ、それにしても強いね、お嬢ちゃん……冒険者かい？」

「冒険者……冒険者かぁ……んふふ、ふふふ」

やっぱりそう見えるのかもしれない。こうして冒険者みたいなバッグを持って、軽鎧《けいよろい》と剣を持ってたら他の人にはそう見えるんだ。

「えぇぇ……」

独りほくそ笑む中、商人はドン引きしていた。なんでだろうか。

「んふふ……そう冒険者です！　おじさんは違うんですか？」

見たところ商人だが、冒険者である可能性も全然ある。

「行商人だよ。この辺りに小さな村があるって聞いたんで商売しに来たんだ。いやまさかあんなドラゴンが飛び回ってるなんてね……もっと情報集めておけばよかっと後悔してるよ」

「村⁉　よければ案内してくれますか？」

「ああ、お安い御用だよ。道中、君のような強い冒険者がいたら安心だし、こっちからお願いするよ」

「やったぁ！」

なんだか、本物の冒険者みたい！

王都に来る冒険者の話の中では、こうして旅の途中で人に出会って道を案内してもらったり、依頼されたりすることがあると聞いたことがある。

それを今、実感して、じーんとなっていた。その喜びを噛みしめていると「お、お嬢ちゃん？　大丈夫かい？」と商人のおじさんに心配されてしまった。

「じゃあ早く行きましょう。道はこっちですか？」

「ああ、そっち――ってあんまり走らないでおくれ～」

早く村に着きたい！　そんな一心でミルは地を駆けて行った。

◇

「グリちゃん、撫で回したかったなぁ」

グリちゃんとはミルが魔物に付けた名前のことだ。道中大きな熊とかオオカミとかいっぱいいたけど結局全部逃げられてしまった。もう少し魔法を極めないと野生の魔物を躾けるのは難しそうだ。

「はぁはぁ……お嬢ちゃん、本当に元気だね……でもおかげで無事着けたよ」

森の奥深く、街道を抜けた先に村があった。四、五十人くらいの小さな規模の村だった。

この入口からまっすぐ行ったところには井戸があり、そこが村の中心の広場になっているようだ。何人か年配の女性が井戸端会議をしていた。

広場まで歩いたところで隣を歩いていた商人がぺこりとミルに挨拶した。

「ではお嬢ちゃん、私は村での商売があるのでこれで……道中ありがとう。すごく助かったよ」

「いえいえ！　また機会があったら会いましょう！」

ぶんぶんと手を振って商人と村の中で別れた。

さて、宿はあるだろうか。あんまり小さな村だと冒険者も少ないだろうし、宿自体ないかもしれない。

まずは村の中を見て回ろう、そう思って村の中に入ったその時だった。

「ドラゴンだぁぁっ！」

カンカンカン！　とけたたましい音と共に広場に向かって一人の青年が走り込んできた。

「ドラゴン？　さっきのかな？」

ミルが取り逃がした赤いドラゴンがもしかすると村に来てしまったのかもしれない。背中に乗るチャンス——だけどそんなことを言っていられない。こんな小さな村にドラゴンが来たら、ものの一瞬で壊滅してしまう。

助けないと、とミルは大声で注意喚起していた青年に駆け寄る。

「ドラゴンはどこですか？」

「すぐそこだよ！　さっき木の間から——ほら！」

青年が振り返ると同時にミルもそちらへ目を向ける。

森の上空からこの村を見下ろすようにドラゴンが空中で鎮座していた。さっきの赤いドラゴンだ。こちらに向かってゆっくりと下降してくる。

ペットとして躾けたいけど、村の中では被害が出る恐れがある。

「仕方ないけど、こっちも手加減しないよっ」

とミルが剣を抜こうとすると、

「お嬢ちゃんは下がってな」

と周りからクワや鎌を持った村人たちがわらわらと広場に集まってきた。もしかしてそれで戦うつもりだろうか。

無理だ。麦藁《むぎわら》帽子に農作業でボロボロになった手袋に服。とても戦える恰好《かっこう》ではない。

「ぎゃおおっ！」とドラゴンが咆哮《ほうこう》と共に、広場に向かって突っ込んでいく。

対して村人たちはクワや鎌を構えると、それらの武器が光り輝いた。

「え？」

光り輝いたクワや鎌を振ると、雷や氷、炎が発生し、ドラゴンへ向かって飛んでいく。

「ぎゃおっ⁉」

突然の遠距離攻撃にさらされドラゴンはひるむ。どうやら村人たちの持っている武器には強力なエンチャントがかけられているらしい。振ると魔法のような効果が発生するものだ。

「ぎゃあおおおっ」

しかしドラゴンはそれだけでは退かず、攻撃を喰らいながらも近くまで肉薄する。

「うわぁぁっ」「くううっっ」

巨大な翼の羽ばたきで何人か吹き飛び、ドラゴンの爪での一撃をクワで受けきれず、その場に倒れる者もいた。

村人たちが戦い慣れていても、このままでは全員やられるかもしれない。

ミルはその場にしゃがみ込み、両手を地面につける。

「ヘルズエンドボール！」

魔法を唱えると、周囲の地面から黒い球体がいくつも浮かび上がり、それらが一斉にドラゴンへ向かって飛んでいく。

「ぎゃおっ！　ぎゃあおおっ！」

自らの魔力を地面に流し、強力な酸性の暗黒球をいくつも発生させる禁忌魔法。直撃したら常人なら体がドロドロに溶けるくらい強力な酸だ。魔力の耐性が高いドラゴンなら熱くて痛いくらいで済むはずだ。

——さすがにたまらなくなったのか、ドラゴンは一際大きな咆哮を上げてから、再び上空に飛び立ち、去っていった。

「おーいっ！　大丈夫かーっ！」

村の奥からぞろぞろと同じようなクワや鎌、三叉《みつまた》を持った農夫たちが駆けつけてきた。まだまだ援軍がいたようだ。

「いてて……ああ、そこのお嬢ちゃんが追っ払ってくれたよ」「いやぁ、すごいなお嬢ちゃん……いってて」

ドラゴンにやられた農夫たちはみんな致命傷を負ってはなさそうだが、何日か休まなければいけないくらい負傷している。

「大丈夫ですか……ヒール」

初期治療魔法だけど、致命傷でないならこれで十分完治するはずだ。ミルが手を当てたところの傷がみるみると塞がり「おっ、すげぇや。もう治った」と農夫は元気になった。

「すごいなお嬢ちゃん、こっちも頼むよ」「すまねぇ、こっちもいいか」

「はい、すぐ行きます」

倒れた人、一人一人にヒールをかけて行く。昔と違って今はMPも余り有るので、全員治療しても全然大丈夫だ。

「ありがてぇ、まるで聖女さまだ」「暗黒魔法使う聖女さまだな」「ありがたや、ありがたや」

なんだか拝んでくる人もいたけど、みんな治ったようだ。

「おお……おぬしがドラゴンを追っ払ってくれた冒険者か?」

村の奥から杖《つえ》をついた初老のおじいさんが歩いてきた。ここの村長《そんちょう》さんだろうか。

「あ、はい。ミル＝アーフィリアと申します」

名乗ってから、「あっ」と思った。アーフィリアと言えば王族の名前だ。聖アーフィル王国ならこの名前だけでピンとくるかもしれない。

しかし杞憂《きゆう》に終わった。

「おお、ミルさんか。私はここの村長をやっているグラハムと言うものじゃ。よろしければうちに寄って行ってはくれんか？　大したおもてなしはできんが、お礼がしたい」

「いいんですか？」

「うむうむ。宿も決まっていないなら、今日はうちに泊まるといい」

これは願ってもない僥倖《ぎょうこう》！　ここはお言葉に甘えさせていただこう。

しかしアーフィリアの名前で反応がないとは……。やはりここは相当王都から離れた地域らしい。

「ありがとうございます！」

ルンルン気分で村長さんについて行った。

◇

「おじゃましますね……」

「どうぞどうぞ、何もないところですが」

村長に促されるまま、家の中に入っていった。

すーっと木の匂いが全身を通り抜けていく。石造りの城内では味わえない独特な匂い。

無意味に何度も深呼吸したくなる。

扉から入ってすぐのところがダイニングになっていた。木造りのテーブルと椅子が部屋の中心に置かれていた。部屋の隅には竈門《かまど》があって、鍋がかけられている。

「それと実は娘がおりましてな……紹介いたしましょう――おーいっユーリア」

廊下の奥の部屋に向かって村長は声を上げる。中から「は、はい！」とぱたぱたとスリッパで床を叩《たた》く音が聞こえてきた。

「お、お父さん、おかえりなさ――きゃあっ！」

奥から姿を現したかと思ったら、何もないところで顔から見事にスッ転んでしまった。

「大丈夫？」

とミルが駆け寄ると、

「あ、わわ……だ、大丈夫……です」

体を起こしてその場にペタンと少女が座り込んだ。

小さな女の子だ。ミルよりも小柄で十歳そこそこという印象を受ける。ゆったりとした服装に、頭にはフードを被《かぶ》っている。フードでだいぶ隠れてしまっているが、銀色の髪の毛先がカールしている。

どうやら人見知りな性格のようで、初めて見るミルに気づいたと同時にフードをきゅっと握り、目元まで隠して縮こまってしまった。

「お、お客さん、ですか？」

びくびくと警戒心をあらわにしながら、おずおずと少女――ユーリアはそう言った。

（か、かわいい～）

小動物のような印象を受けるユーリアにミルは思わず抱きしめたくなる衝動を抑えた。

もし自分に妹がいたらこんな子が欲しいと思っていた。

「はは、そそっかしいの、ユーリア。この方は冒険者のミルさん。先ほど村に現れたドラゴンを追い払ってくれたのじゃ」

「ど、ドラゴンをですか……？」

きょろきょろと村長とミルの顔を交互に窺《うかが》うユーリア。

「それで今日はうちにお泊めしようと思っていてな。ユーリア、ご挨拶なさい」

「あ、は、はい……っ」

震える足で立ち上がり、ユーリアはぺこっとお辞儀をする。

「は、初めまして……ゆ、ユーリア＝ノイマン、です」

こうして目の前で見るともっとかわいい。まん丸とした童顔にくりくりっとした蒼《あお》い目。

ミルはつい衝動を抑えきれなくなり、手をぎゅっと握って、

「よろしく！　私、ミル＝アーフィリア！　まだ駆け出しの――」

「うひゃあああっ」

握った手をパッと払われ、悲鳴を上げたユーリアは廊下の奥の扉へ逃げるように入っていく。しばらくしてカチャッと開いて扉の隙間からこちらを窺っていた。その姿はまるで突然の来客に驚く子猫のようだった。

(食べちゃいたいくらいかわいい!)

軽い拒絶を全く気にせず、ミルはユーリアの行動につい見惚《みと》れてしまう。

「すみません、ミルさん。うちの子は少々人見知りが激しく……」

「いえ! すごくかわいいと思います!」

思わず言葉に出してしまうくらいミルはユーリアが気に入ってしまった。もう一度廊下の奥を覗《のぞ》くと、部屋に入っていってしまったのか、扉は閉じてしまっていた。

「うーんもうちょっと話したかったんだけどな」

「また夕飯時にでも改めて紹介させていただきますよ。さあさあ、どうぞこちらにおかけになってください」

ミルが樫《かし》の木の椅子に腰かけると、きぃ……と木が軋《きし》んだ。

——それにしても、とミルは思った。

村長のグラハムと娘のユーリア。ちょっと年が離れすぎていると思ってしまう。娘というより孫と言ってもおかしくないくらいだ。

「娘が気になりますかな？」

村長からそう言われるまで、ミルは自分が廊下の奥に目をちらちらやっていたのに気づかなかった。

「いえ……あっ、はい」

年の離れた娘さんですね、とつい口にしてしまいそうになった。だがそんなミルの様子に気づいたのか。お茶を入れたコップを二人分テーブルに置くと、村長はミルの向かいに座り、

「実は、ユーリアは本当の娘ではないのです」

「え？」

「今から十数年前になりますかな。村の入口に赤ん坊だったあの子が捨てられていたのじゃ。村の誰も心当たりがなく、あの子がくるまれていた布はこの辺りでは見かけないものじゃった。だからどこぞの冒険者が子を作って捨てたのだろう、というのが村の意見だった」

「それってユーリアちゃんは……？」

村長はゆっくりと首を横に振り、

「言ってはおらぬ、がもしかすると気づいておるかもしれんの——どうしても見捨てておお

けなくてな。妻にも先立たれ、ずっと子供ができなかった私が引き取ることにしたのじゃ」

冒険者にもそんなことをする人がいるなんて、と少し気持ちが沈んでしまった。

「ところで、先ほど戦う村の者たちを見ておったかな？」

「はいっ、みなさんドラゴンと戦っててとてもお強かったです！」

「どんな武器を使っていたか、覚えておるかの？」

「クワとか鎌とか……そういえば雷属性だったり炎属性だったり、いろんなエンチャントがかかってました」

ドラゴンの鱗《うろこ》に効くくらいの強力なエンチャントだった。村人たちは何人かケガしていたが、おそらくあの場にミルがいなくても村人たちだけでドラゴンを撃退していただろう。

「実はあのエンチャントは全てユーリアがかけているのじゃ」

「ええ!?　すごいっ」

「あの子には魔法の才があったらしくての。村に来る商人からたまたま買った魔導書を一日でマスターして、あのエンチャントを編み出したのじゃ」

「独学で？　おおっ！」

「うむ、この村は魔王城が近いせいか、凶暴な魔物が多くての。毎度、村の者たちが団結して撃退しておるのじゃが、ユーリアのエンチャントのおかげでそれもだいぶ楽になったのぉ」

冒険者の中に稀《まれ》だが『魔法の才』というスキルを持った人が存在する。その人が魔法を覚えようとすると、常人の十倍以上の速さで習得し、習得に必要なかしこさも半分くらいで済む。おそらくユーリアはそれを持っている天才だ。

（そもそも強力なエンチャントを使ってるってことは……）

レベルが低いわけがない。同時にもしかして、と思い、

「ちょっといいですか？」

と村長に向かって手をかざし、女神の瞳を使う。「どうしたのじゃ？」と首を傾《かし》げる村長。

目の前に現れたウィンドウには『レベル：56』の表示があった。能力値も村人とは思えない超一流の冒険者のような数値が並んでいた。

「やっぱり……」

あんなドラゴンと戦って、村の周辺の凶暴な魔物と戦う村人が弱いわけがない。他の村人もこれくらい強いのだろう。

「ドラゴンが周辺に来るなんて、一年ぶりであったがの。年々若い者が減っており、戦え

る人もいなくなって、撃退するのも一苦労じゃ」

それでも一流冒険者ですら手こずるレベルの魔物を撃退するのが日常茶飯事というのはすごいと思う。魔王城に近い村だから、それ相応に村人も強いということか。

でも年々、手こずるようになった力不足をユーリアのエンチャントが補っているということらしい。

とその時、コンコンと家の扉がノックされた。

「何ようかの」

と村長《そんちょう》が返事をすると、失礼します、と一人の若者が入ってきた。

「村長さま、エンチャントの切れた農具を持ってきました」

「うむ、またユーリアに頼んでみる。ご苦労だった」

「すみません。ユーリアちゃんには苦労をかけます。よろしくお願いします」

と若者はいくつかの農具を入口に置くと、会釈《えしゃく》して出て行った。

「エンチャントの切れた農具？」

ミルはピンとこなかったが、村長は「そうじゃ」と言って、

「ユーリアの力は無限ではなく、何度か使用するとかけていたエンチャントが切れるのじゃ。それで何度もかけなおしてもらうことになっておる」

便利なエンチャントも完璧ではないようだ。村の防衛のためとはいえユーリアも大変だろう。

「おお、そろそろ夕時じゃな。ミルさん、部屋に案内しますので、夕飯ができるまでごゆっくりなさってください」

「はい、お世話になります」

(ユーリアちゃん、また話せるかな)

夕飯時には紹介すると村長が言っていた。

(今度は怖がらせないようにしないと！)

それまで部屋で会話のイメージトレーニングに励むのだった。

◇

夕飯時、村長に呼ばれてミルはダイニングへ向かった。テーブルには竈門の鍋で作ったホワイトシチューが置かれていた。ほんわりとシチューの甘い匂いが鼻孔をくすぐり、ついお腹《なか》が鳴ってしまう。

「どうぞお座りください」

と促され、ミルは席に着く。そういえば今日は森でオオカミとかドラゴンとかとたわむれていて食事をとるのを忘れていた。

「今ユーリアを呼んできますので――おお、ユーリア。来てたのか」

振り向くとユーリアが隠れるように廊下の壁に張り付いてこちらを窺っていた。目深《まぶか》にフードを被《かぶ》っているから、表情はよくわからない。

「あ、あの……」

振り絞るような声をユーリアは上げ、

「さ、さっきは……その……ごめんなさいです」

さっき？　とミルは首を傾げたが、すぐに思い当たった。自分の部屋に逃げて行ったことだろう。謝る姿もとってもかわいい！

「ううん！　いいの。それよりユーリアちゃんのこと聞きたいな」

「は……はいっ」とてとてとテーブルに近寄ってきたと思ったら「きゃっ」とまた何もないところで転んだ。どこかそそっかしいところがある。

「ははは、大丈夫かい？」と声をかけながら村長は席に座り、慌てて立ち上がったユーリアはその隣の席に腰を下ろし、フードを脱いだ。

ふんわりとカールした銀色の髪がとても綺麗《きれい》だ。ついつい見惚れてしまい、ユーリアから「な、なんですか……」と警戒されてしまった。

「あ、ごめんね。ユーリアちゃんは魔法好き？」

「好きです。未知の知識を蓄えるのがその……とても楽しくてついつい時間を忘れて魔導書を読んでしまうんです」

突然饒舌《じょうぜつ》に喋《しゃべ》るからちょっとびっくりしてしまった。好きなことはつい喋ってしまうタイプなのかも。

「み……ミルさんはどうしてこの村に来たんですか？　商人っぽくないですし」

「あ、実は私、最近冒険者になったばっかりなんだ。途中で行商人さんに会って村があるって聞いてついて来たの」

「やっぱり冒険者さんだったんですね。わたし、初めて会いました。どこ出身ですか？　最近ってことは近くの町からですよね？」

ユーリアからの質問。どう答えよう。

でもここで嘘《うそ》を吐《つ》くのはいい行為ではない。昔から父上に王女たるもの誠実さを忘れてはいけない、と口を酸《す》っぱくして言われたことがある。特に隠す理由もない。正直に話そう。

「実は魔王城から抜け出してきて……近くの出身ってわけじゃないんだ」

「え？　ミルさんって魔族の方……だったんですか？」

正面に座るユーリアが目を丸くして驚いていた。隣の村長もスプーンを持つ手が口の前で止まっていた。

「ううん、そうじゃなくて……私、魔王にさらわれて一ヵ月くらい魔王城にいたんだけど、外行って冒険したいなぁ、って思って抜け出したの」

「さらわれて……？　魔王様って人《ひと》さらいとかするんでしょうか？」

「私、聖アーフィル王国の王女で『女神の巫女《みこ》』の力が欲しくて魔王さんは私をさらったらしいの」

「え……お、おう、王女？　ミルさん……え？」

ほえほえ〜、と口をポカンと開けて目をぱちくりするユーリア。隣の村長はというとスプーンを持つ手がカタカタと震えだしていた。

「えっと……うん。実はそんな感じかな——あっでも別に王女だからって畏《かしこ》まらなくていいから。今の私は一人の冒険者だからね」

「あの……女神の巫女って……？」

「冒険者としての能力とか見たり、スキルの開花とかもできる人のことだよ。他の女神の巫女や女神の神官は見られる能力に限界があるけど、私はそれがないから、魔王さんはそれ目当てだったらしいの。ユーリアちゃんも見てあげるよ」

「え、そ……そんな気軽に大丈夫なんですか？」

「うん、じっとしてて」

とミルが手をかざすと、ユーリアがビクンと縮こまった。

すぐにミルの目の前にウィンドウが現れた。

名前：ユーリア　レベル：105　HP：870　MP：1550
ちから：453　みのまもり：455
かしこさ：2040　きようさ：433
すばやさ：650　うん：459
パッシブスキル：賢者、魔法の才、エレメンタルマスター
アクティブスキル：究極炎属性魔法、究極氷属性魔法、究極雷属性魔法、究極土属性魔法、複合魔法、高度光属性魔法、高度属性付与魔法、etc……

ミルはパッシブスキルの『賢者』『魔法の才』『エレメンタルマスター』に触れる。

賢者……希代《きたい》の魔法使いにのみ発現する能力。あらゆる属性の魔法に補正が付き、同時に二種類の魔法を発現できる。

魔法の才……魔法習得の際、かしこさ値に500の補正がかかる。

エレメンタルマスター……属性魔法の発現の際、強力な補正がかかり、消費MPが減る。

どれも強力なスキルだ。レベルが高いのはエンチャントした武器を他の人が使ってもユーリアの経験値に加算されるからだろう。

「おおーっ！　強いよユーリアちゃん！」

魔法の才能はぴかいち。その他の数値がレベルの近いミルと比べて、やや劣るものの、魔王城で鍛えたミルのかしこさを遥《はる》かに超える強さを持っていた。やっぱり能力の伸び率は個人によって違うらしい。

「あうあう……あ、ありがとうござい、ます……」

おっきな声を上げてしまったから、ユーリアがまたびくびくしてしまった。

「ごめんね。でもユーリアちゃんすごいよ。こんなに強い人魔王城でもなかなかいないよ」

「え、あの……そう、なんですか？」

ちょっと喜んだような表情を見せてから、「もしかすると……」とユーリアが呟《つぶや》き、

「あ、あのミルさん、今のを見てわたしでも冒険者になれる……でしょうか？」

どこか思いつめたような表情のユーリアが声を上げた。

「なれるよ！　絶対なれる！」

「だったらわたし――……」

一瞬だけ希望に満ちたようなキラキラした目をした。だけどみるみるうちに自信を失ったように俯《うつむ》き、

「す、すみません。や、やっぱりいいです……」

目深にフードを被って、席を立ち、自室へとそそくさと去って行ってしまった。

「え、どうしたんだろ？　ユーリアちゃん……」

気に障《さわ》ることを言って傷つけてしまったのなら謝りたいけど。

「すみませんミルさん。ユーリアが失礼を……」

村長が申し訳なさそうに謝っていた。

「いいえ、そんなこと……あっ、このシチューおいしいですね」

できればユーリアとはもっと話したい。王都でも王女として過ごしていた時はいなかった『初めての友達』になれるかもしれないから。

◇

「うぅ、ちょっと食べすぎちゃった」

つい村長《そんちょう》に勧められるがまま、シチューを二回もおかわりしてしまった。とてもおいしかったし、女神アーフィルの教えで食べ物を粗末にはできない。

村長から借りた客用の部屋は小綺麗《こぎれい》に整頓されていて、床には埃《ほこり》一つない。使われなくてもおそらく毎日掃除してあるのだろう。

ミルはベッドに寝転がり、月光が差す窓の外に目をやった。

耳を澄ますと——王都でも魔王城でも聞こえてこなかった様々な虫の声が聞こえてくる。目をつむるとそれらを間近に感じられ、どこか子守歌を聞いているような落ち着いた気分にさせてくれる。

このまま寝てしまいたい——そう思っていると、コンコンと扉がノックされ、ビクンとミルは体を起こした。

「入っても……いいですか？」

扉越しに声を上げたのはユーリアだった。「どうぞどうぞ！」とミルが促すと扉が音を立てて開いた。

びくびくとしていたけど、ユーリアが部屋に入ってきた。机から椅子を引き出して座ろうとするユーリア。だけどミルはベッドの隣をパンパンと叩《たた》いて、「こっち来て座ろ？」と隣に座ることを促した。

「し、失礼します」

と緊張しているのかかちこちになりながらもゆっくりとベッドの隣に腰かけてくれた。

なんだか女子のお泊まり会をしているみたいだ。王都にいた時はこんな相手いなかったからちょっと嬉《うれ》しい。

「それで――どうしたの？ ユーリアちゃん」

と訊《たず》ねるとユーリアは小さく深呼吸し、

「実は、王都……について興味があって」

「そうなの？」

「さっきは逃げてしまって、ごめんなさい。お父さんの手前、聞きにくくて……」

ん？ とミルは首を傾《かし》げる。聞きにくいことだろうか？ ユーリアは続けて、

「わたし……よく商人から魔導書を買うんです。買ってばかりだとお金なくなってしまうので読み終わった魔導書を売って、代わりに買うんですけど……」

実はあとで余っている魔導書を読ませてもらおうと思っていたのだが、無理だったようだ。

「その時、王都の図書館にはすごい魔導書があるって聞いて……」

確かに王都の書庫にはいろいろな魔導書があった。当時のミルはまだレベルが低く、ほ

とんど読めなかったが、おそらく商人が持っている魔導書を遥かに超えるものもあるだろう。

「何か特別に読みたい本とかあるの？」

こくりとユーリアは頷《うなず》き、

「熾天《してん》聖典っていう本を読んでみたいです」

「あっそれならうちにあったよ！」

熾天聖典——千年前、歴史上初『女神の巫女』が紡《つむ》いだとされる女神アーフィルの力を具現化した全十六編の魔導書。王都魔導研究所で文字は解読できているものの、宮廷魔導士であってもその熾天聖典に書かれた魔法を使えなかった。

もしかしたらユーリアなら読み解けるのかもしれない。

魔法が使えなかった理由は単純に能力不足だ。

「え！　本当ですか⁉」

興奮した様子のユーリアはぐいっと体を近づけてきた。よっぽどその本が読みたいのだろう。

「うん、うちの宮廷魔導士たちが話してたから覚えてるんだ。他にも六点鍾《ろくてんしょう》聖典とか女神に関する本なら——」

「六点鍾聖典⁉　あの女神アーフィル様由来の最高級魔具――聖神鐘について書かれた魔導書ですよね！」

さらにぐいぐいと近づいてきたユーリア。無意識なのか彼女の温かい手がミルの手をぎゅっと握りしめてきた。

「うん、全部読んでみたいの？」

「ぜひ読んでみたい……です！　わたしの夢……みたいなものです――あっ、すみません……っ」

冷静になったのかパッと手を離した。

おずおずとしながらもユーリアの瞳はきらきらと輝いていた。

「ユーリアちゃん、王都に行きたいんだ」

さっき冒険者になれるか聞いたのはそういう意味だったのか。

「え？　あう……その……」

もじもじと指を擦《こす》り合わせる。図星だった？　チャンス？

「あの！　よかったら私と一緒に行かない？　私も冒険しながらゆっくりと王都に帰ろうと思ってるの。王都の書庫に行きたいなら絶対私がなんとかするから」

書庫は国王に任命された宮廷魔導士にしか入ることを許されていないが、ミルが口を利

けば父上も許してくれるだろう。そもそもこんな超一流の魔法使いなら父上は絶対歓迎してくれる。

「わ、わたしが、ミルさんと……？」

「うん！　私も一人で心細いなって思ってたの。冒険者って王都にいた時から見てたけど、みんなパーティ組んでて遠くから見てすごく楽しそうで……」

　魔王城から出て冒険というものができて興奮はした。けどやっぱり『仲間』がいないことにどうしても寂しさがあった。もしユーリアが一緒に来てくれるなら、きっと楽しい冒険になる。

　――けどユーリアは首を縦には振らなかった。

「行きたいです、けど……ごめんなさい村を出れないです。もしわたしが出たら村を襲う魔物に対抗する力がなくなってしまいます……。エンチャントできるのは……わたしだけですから」

　今、村の中の若者が減ってユーリアのエンチャント魔法に頼りっぱなしになっていると村長が言っていた。もしユーリアがいなくなると、一度切れたエンチャントをかけなおすことができず、村の防衛はかなり緩くなるだろう。それを憂慮して、ユーリアは出られないと言っているのだろう。

「そっか……」

行きたい気持ちはあるみたいだけど、無理強いはできない。それにユーリアだっていきなり今まで住んでいたところから出るのも抵抗あるだろうし。

「ごめんなさい……でもミルさんがここから出ていくまで、できれば王都の話は聞きたいと思って、いい……ですか？」

「お安い御用だよ！　なんでも聞いて！　国家機密でもなんでも！」

「え、それは……いいです」

今日限りかもしれない。

でも今日だけでもいい。

初めてできた友達とゆっくりと語り合いたい。

――そんなミルたちの部屋の扉の前には村長グラハムの姿があった。

楽し気なミルたちの声を聞いて、ゆっくりと扉の前から離れた。

◇

いつの間にかベッドで寝ていたようだ。昨日は夜遅くまでユーリアと語り合っていたけど、どうやって終わったのか覚えていない。

ユーリアは自分の部屋に帰ったのだろう。ここにはいなかった。

「くんくん」

焼けたパンの香ばしい香りが漂ってきた。村長が朝食を作っているのだろう。

もそもそっとベッドから起きて、冒険者の服に着替えて、腰にしっかりと剣を差す。

本当はもっとここにいたいけど、これ以上迷惑をかけるわけにもいかない。朝の間に発《た》とうと思う。

部屋を出てダイニングに向かうと、村長ではなくユーリアが朝食の支度をしていた。

「あ……お、おはよう、ございます……」

俯き加減でもじもじしながらユーリアは挨拶してくれた。

「おはよう、ユーリアちゃん」

このかわいいのが今日で見れなくなると思うと、ちょっと寂しい。

「どうぞ……朝ごはんできてるので……」

テーブルには三人分の朝食が用意されていた。せっかくだから食べてから旅立とう。

「村長さんはまだお休みなのかな？」

「いえ、井戸の方に水を汲《く》みに行ってます。もうすぐ帰ってくると思います」

いつも朝はユーリアが用意しているのだろう。

ミルは席に着く直前、入口近くに置かれていた農具が目に入った。

「ユーリアちゃんがエンチャントしてるんだよね」

「そう、です……」

ミルは壁に立てかけてあったクワを手に取る。持つだけでわかる。純度の高い魔力が込められている。

ミルは女神の瞳を使った。

両手武器：クワ
必要能力値：なし
詳細：高度炎属性エンチャント。使用回数15。

確かに使用回数があるようだ。エンチャントが無ければ普通のクワと何ら変わりない性能らしい。

「これってどこかに持っていくの？」

「広場のところの倉庫に持っていく予定ですけど……」

「じゃあ私が持って行っていい？」

「そんな申し訳ないです……ミルさんにそこまでさせるわけには」

「お世話になってるし、おいしいごはんも作ってくれてるし、恩返しさせて」

「いえ！　そんな気にしないでいいですよ」

遠慮しがちなユーリア。このまま問答を続けても繰り返すだけだし、強引に持って行っちゃおう。

「よいしょっと」とクワや鎌を両手で抱きかかえる。「下の広場の倉庫だね」

「あ、あう……すみません。レンガ造りの倉庫ですので、すぐわかると思います」

「じゃあちょっと行って来るっ」

と勢いよく家を飛び出す。

まっすぐ広場へと向かうと、ちらほらと何人か人通りがあった。畑に行く予定があるのか、クワを持った農夫もいたし、井戸の水を汲みに来た主婦もいた。

「おや？　ミルさんかい？」

きょろきょろと倉庫を探していると、井戸水を汲み終わった村長《そんちょう》さんが話しかけてきた。両手の桶《おけ》に目一杯の水を汲んでいる。

「あ、おはようございます」

「おはよう。それってエンチャントを頼んでた農具じゃな。すまないね、これが終わったら持っていこうと思っておったのじゃが」

「これくらいお安い御用ですよ」

一宿一飯の恩だ。これくらいじゃ足りないくらいだ。

「よくできた娘さんじゃ。これならユーリアも……いや」

村長が何か言おうとして口を噤《つぐ》んだ。

「？　ユーリアちゃんがなにか？」

「……すまない。昨日、君たちの会話が聞こえてしまってね。やっぱりというか、ユーリアは王都に行きたいみたいなのじゃな」

でも村のことがあるから、とユーリアは一緒に行けないと言っていた。

村長は「ふぅ」とため息を吐《つ》き、続けた。

「本当はね、ミルさん。ユーリアにはもっといろんなことを学んでほしいと思っているんじゃよ。こんな狭い村では彼女の才能が潰されてしまう。村のためとは言っておるが、結局、私らがあの子の足かせになっておるんじゃ」

村長がそんな話をしていると、通りかかった一人の農夫が「ユーリアちゃんの話かい？」と近づいてきた。

「あの子にずっと頼りっぱなしはオレたちも良くないと思ってるんだ。それにユーリアちゃんはあんな性格だろ？　どうしてもやりたいことを押し殺しちゃうんだよな」

「そうそう」「なんとかしなきゃな、俺たちで」といつの間にか周りには農夫たち、おばちゃんたちが集まってきていた。みんなユーリアのことを心配しているようだった。

とても愛されているな、とミルは思った。

この村の人たちはみんなユーリアのことが好きなんだ。ユーリアのやりたいことをやらせたい、けどなかなかそれができない。

（なんとかしてあげたいな）

うーんと俯《うつむ》き考え込んでいた村長は「おっと」とこちらを向き、

「ああ、すまないねミルさん。呼び止めてしまった。家に戻って朝ごはんにしよう」

と促してくる。

「その前にこの農具を持って行かないと」

「それなら俺が預かろう。悪かったね」

とミルの抱えていた農具を農夫の一人が受け取ってくれた。

（そうだ、この農具……）

ユーリアが村を離れられないのは農具のエンチャントが毎回切れてしまうからだ。もし永続のエンチャントをかけられるなら、その問題も解決するのではないだろうか。

「一つ持って行ってもいいですか？」

「いいけど、何するつもりだい？」

「ちょっと魔法の実験を……」

クワを一本、ミルは借りた。女神の巫女《みこ》の力、そして魔王城で得た魔法を使えば、ここにかかっている魔法を強化できるのではないか、そう思いもう一度クワに向かって女神の瞳を使った。

両手武器：クワ
必要能力値：なし
詳細：高度炎属性エンチャント。使用回数15。

名前のところや使用回数に触れるも情報が出るだけで強化できたりしない。

ならば——と今度は覚えた魔法を試す。

魔王城で得たのは禁忌魔法『カオスエンチャント』混沌《こんとん》の闇魔法。暗黒の魔力を周囲に放出することができるようになる。それと使用者の魔力が続く限りエンチャントが切れない効果があったはずだ。

「カオスエンチャント！」

かざした手から黒い瘴気《しょうき》が漏れ出る。周りの農夫たちは「おおっ」とどよめいていた。

ミルは瘴気を手に集中させ、農具へと吸い込ませる。

「やった――あれ？」

成功した――と思ったが、次の瞬間、クワがひとりでにカタカタと揺れたかと思うと、黒い火球のようなものを無差別に周囲へとまき散らし始めた。

ドゴン！　ドゴン！　と黒い火球が地面をえぐり取っていく。

「うわぁ！　冒険者さんどうなってるんだ！」「危なっ危ない！」

周りはちょっとしたパニック。ミルも「あわわ……」と混乱しつつも、クワを思いっきり地面に叩《たた》き付けて柄をへし折った。

同時に黒い火球は止まった。一旦は落ち着いたけど。

「うぅ……強すぎるんだ、この魔法」

対象はただの木と鉄だ。魔力鉱石を用いた聖剣か魔剣でなければ、おそらくこの禁忌魔法は使えない。

「すみません！　農具壊しちゃって。みなさん、おケガとかありませんでしたか？」

「大丈夫、大丈夫」「一発喰《く》らっちまったけど、これならうちの工房の窯の方が熱いぜ」

「ちょっとはびっくりしたけどな」と村人たちは笑って許してくれた。さすが魔王城最寄りの村人だ、タフすぎる。

優しい農夫だった。けどこれ以上無駄にはできないし、ミルがエンチャントをかけるのも無理だ。

「どうしよう……」

カオスエンチャントが使えないなら、ミルには農具に永続エンチャントするすべがない。

「ど、どうしたんですか？　みなさん集まって……」

声がしたので振り返るとユーリアが立っていた。帰ってくるのが遅いから様子を見に来たのかもしれない。

村長が歩み寄り、

「すまんの、ユーリア。ちょっと立ち話しておった。さあ家に帰ろう」

と帰ろうとした時だった。

——最悪のタイミングでその咆哮《ほうこう》は巻き起こった。

「ぎゃおおおおっ！」

「ドラゴンだぁ！」

村の上空に赤いドラゴンが村を見下ろしていた。

「昨日のドラゴン！　また来た！」

「ドラゴンは賢い生き物じゃ。自身が敵《かな》わないと思った相手には手を出さんのじゃが……」

「まだ負けてないって思ってるってこと？　じゃあまた追い払って――」

「ぎゃおおぉぉっ！」

ドラゴンが大きく息を吸い込む。胸部が赤く光ったと思ったら同時に黒くぽっかりと空いた口から炎が吐き出された。

「炎⁉　本当に火吹き竜だったんだ！」

火炎放射は広場周辺を焼く。地上にいた村人たちは蜘蛛《くも》の子を散らすように炎から逃げる。

「いかん！　竜が怒っておる！　本気で村を滅ぼすつもりじゃ！」

吐かれた炎は周囲の木造建築物に飛び火した。村人たちは慌てて鎮火させていた。

「わ、わたしが炎を止めます！　アクアレイン！」

ユーリアが空に向かって手をかざした。すると頭上から大粒の雨が地上に降り注いだ。

徐々に範囲が広がり、燃えかけていた建物もすぐに火が消えていた。

「助かったぜ！　ユーリアちゃん！」

火の方は大丈夫だろう。問題は火吹き竜の方だ。ここで倒さないと！

「私がなんとかする！」

ミルが腰の剣に手をかけると、村長に手で制止された。

「ミルさんは手出し無用でお願いします」

「そうだな、いつまでも冒険者さんの手を煩わせられねぇ」

「俺たちだけでやるぞ！」

その場に集まっていた農夫たちはそれぞれエンチャントされた農具を手に取り、臨戦態勢に入る。

「え？　でも……」

「元々ドラゴンなんぞ、年に一回は見かけるものじゃ。追い払うのも今回が初ではない。村の自衛は村に任せてくれんかの」

「ぎゃおおおっ！」

と怒りの咆哮と共にドラゴンが下りてくる。とてつもない風圧に思わずミルは顔を腕で覆った。

農夫たちは雄たけびを上げながら地上に降りたドラゴンへ向かって行く。エンチャントされた農具を振り、炎、雷、氷属性の攻撃を浴びせる。

ここの農夫たちも十分強いのだろうが、ドラゴンの攻撃は激しく、防戦一方だ。

雨による鎮火を終えたユーリアは「わ、わたしも……っ」とドラゴンに立ち向かおうとしていた。

「ダメじゃ、ユーリア」

駆け寄ろうとしたユーリアの腕を村長《そんちょう》が掴《つか》んだ。

「え……お父さん？」

ユーリアの困惑した声に反応したのは農夫たちだった。

「そうだ、ユーリアちゃんはそこで見ててくれ」「俺たちだけでこの村を守れるって証明してやる」「いつまでも頼ってなんていられねぇからな」

「で……でも、みんな、魔法切れちゃってます」

農具にかかっていたエンチャントはもう切れてしまっていた。いくらみんなが一流冒険者並みの強さがあっても、ただのクワと鎌でドラゴンと戦うのは無謀すぎる。

「ユーリアよ、お前は行きたいのじゃろう、王都に」

「え……」

戦う農夫たちを見ながら村長は口を開く。

「私らに気を遣っていることとなんてとっくにわかっておる。心配だと思うならそこで見ておれ。私らだけでドラゴン程度の魔物、追い払ってくれる」

「でも……でも……」

ユーリアは今にも泣きだしそうに目を赤くしている。

(どうしよう……)

農夫たちは自分たちがユーリアの旅立ちの枷《かせ》になっていることを悔やんでいる。ドラゴンくらい自分たちだけで倒せる、だから安心して旅立っていい、と農夫たちは口には出さないがそう思っている。

でもそれで死んでしまったら元も子もない。

(もっといい武器があったら……)

ミルのバッグには魔王城から持ってきた短剣や魔具があるが、能力が高くないと使えないものしかない。村人たちだとおそらく足りない。

（エンチャントもできたら……そうだ！）

ミルの禁忌魔法では農具が耐えられない。ユーリアのエンチャントでないとダメだ。でも今のエンチャントではまた効力が切れてしまうだけだ。

――そうならないための可能性が一つだけあった。

女神の力を使ってスキルを開花させることだ。

（もしできるなら――）

女神の瞳を使ってユーリアの能力を見てみた。

（あっ――できる！）

ユーリアのエンチャント魔法は開花ができるとあった。

「ユーリアちゃん！　いくよ」

「な、なんですか、なにするんですか？」

「私の力を使ってユーリアちゃんの能力を開花させるの！　とにかく任せて！」

一旦、呼吸を整え、ミルは唱えた。

「女神の祝福――ガッデスブルーム！」

両手から発せられた淡い光が天使の形を織りなし、ユーリアを包み込む。

「わ、わ……ミルさん、なんですか、これ……？」

「落ち着いて身を任せて」

次第に光は収まっていく。これでユーリアの能力は開花したはずだ。

ウィンドウには『究極属性付与魔法』の文字が現れていた。成功だ。

今までのエンチャント魔法では効果の制限があったが、これならもしかすると――。

「ユーリアちゃん。農具にエンチャントしてみて」

「う、うん……っ」

「しかしミルさん、それでは……」

村長が止めに入ろうとする。

「大丈夫、だと思います。今のユーリアちゃんなら」

村長の返事を聞かずに、ユーリアはエンチャントの切れた農具を一つ手に取り、エンチャント魔法をかける。

「フレイムエンチャント」

純度の高い炎を農具が吸収する。ミルはエンチャントのかけられた農具を手に取り、女神の瞳で見る。

両手武器：クワ

必要能力値：なし
詳細：究極炎属性エンチャント。使用回数無制限。

純度があがり使用回数に限りがなくなった。これならどれだけ使っても問題ない。

「みなさん！　この農具を使ってください！　ユーリアちゃんはどんどんエンチャントして！」

ユーリアは農具に次々とエンチャントしていく。ドラゴンから離れた農夫に近寄り、切れたエンチャントをかけなおす。

「冒険者さん、でもこれじゃ……」

「大丈夫です！　どんどん使って！」

農夫たちはミルの言葉を信じたのか、何も言い返さず首肯すると農具をドラゴンへ向かって振るった。

劣勢だった農夫たちはエンチャントの力でドラゴンを押し返していく。

「おおっ、全然エンチャントが切れないぞ！」

農夫たちは畳みかけるように農具を振るい、あらゆる属性魔法をドラゴンへとぶつけていく。今まで回数制限があったからか、エンチャント農具による攻撃は緩やかだったが、その制限が解け、遠慮することなく農夫たちは農具を振り続けていた。

たまらなくなったドラゴンは「ぎゃおおおっ」と弱々しい咆哮を上げ、逃げるように上空へ飛んでいった。

「やっと逃げて行ったか……本気を出して勝てんと悟ったならもう来んじゃろう。しかしミルさん、どうしてユーリアの魔法が切れないんじゃ？」

「私の力でユーリアちゃんのエンチャントスキルを開花したんです。たぶん本当はいつでもより強いエンチャント魔法ができたんだと思うけど、ここじゃ魔法の勉強が思うようにいかないから」

ユーリアの実力がありながら、いまだにエンチャント魔法が『高度』で止まっていたのは環境によるところが大きいだろう。勉強が商人から買った魔導書しかなければ好きなように自分の魔法を強くできない。

「私はちょっと手助けしただけ。でもこれでユーリアちゃんの魔法が切れることはないよ」

「なんと……そのようなことが。エンチャントが切れないとなると……」

ちらりとユーリアを見やる村長。

「これからはユーリアに頼りっぱなしにならなくて済むというわけじゃな」

「え……」

一度かけたらなくならない。ドラゴンもそのエンチャントの力さえあれば村のみんなだけで撃退できる。

「ユーリアよ」

村長がユーリアに歩み寄る。

「ユーリアのやりたいことはなんじゃ？」

「お父さん……」

「もしこの村でずっと一緒にいたいというなら、それでもよい。じゃが王都で魔法を勉強したいというなら私らは後押ししたいのじゃ」

ユーリアは俯《うつむ》く。気持ちが揺らいでいる。ずっと暮らしてきた大切な村、魔法をもっと知りたいという好奇心。どちらもユーリアにとっては大切なものなのだろう。

「わたし……」

今にも泣きだしそうな顔をしたと思ったら、それを隠すようにユーリアは村長に抱き着いた。

「こ、これユーリア」

「お父さん……わたし……」

村長の胸の中で嗚咽《おえつ》が聞こえる。ユーリアにとってこの村が全てで唯一の家族は村長しかいない。

旅に出るか村に残るか、ユーリアが揺れていることは傍《はた》から見ていたミルにも手にとるようにわかった。

（安易だったかな……）

昨日の夜、一緒に行こうと誘ったことをミルは後悔していた。ユーリアにとっては人生を左右するほどの決断なのに、何も考えなしにその言葉を口にしていた。

村長がポンとユーリアの肩に手を置いた。

「永遠に会えなくなるわけではない。辛《つら》くなったらいつでも帰ってきたらよい。私らはいつでもここにおるからな」

ユーリアは絞り出すように声を上げた。

「わたし……」

「どうしたいのじゃ？」

優しく問いかける村長の言葉に、ユーリアは顔を上げた。

「王都に行ってみたいです……いろんな魔法、勉強したいです」

決意に満ちた瞳がまっすぐに村長《そんちょう》を見つめる。

穏やかな笑みを浮かべ首肯する村長は「行っておいで、私の娘」と言ってユーリアの肩を抱いた。村長の胸の中に顔をうずめたユーリアから嗚咽が聞こえる。

村長が、こちらに向き、

「ミルさん。娘を――ユーリアを頼んでもよいかな？」

「は、はいっ。任せてください――ユーリアちゃん本当にいいの？」

「はいっ、それにお父さんの言う通り二度と会えなくなるわけじゃないですから」

と言うと、村中からドッと歓声が沸いた。

「ユーリアちゃん！　がんばってこいよ！」「いつでも帰ってきてええからね」「ユーリアちゃんはオレらの自慢だぜ」

そんな歓声を聞いて、ユーリアは目頭を手の甲で拭い、

「………うんっ」

とはっきりと笑顔で頷《うなず》いた。

「さあ、ミルさん、ユーリア。食事にしましょう。出発は朝ごはんを食べてからでも遅くないじゃろう」

「はいっ――えっと、ユーリアちゃん！」

とミルはユーリアに向き直り、手を差し伸べる。

「これからよろしくね」

「は、はい……よろしくお願いしますっ」

二人でしっかりと握手を交わしたのだった。

第三章　ケモミミはもふもふです！

魔王城、玉座の間。

しばらく遠征し、城を空けていた魔王が疲れた表情で玉座に座っていた。手すりに肘を載せ、「ふう……」と息を吐《っ》いている。

「魔王様、おかえりなさいませ」

「ん……クローエルか」

魔王は近づいてきていたクローエルに全く気づいていなかった。

「あれからどうだ。もう一ヵ月か。しばらく会ってないが、元気にしているか？」

「元気に……とは？」

「何を申す。ぬしに王女の侍女としての命を授けたであろう。よもや忘れたとは申さぬな？」

元々魔王の娘――マリー付きの侍女であるクローエル。そのクローエルにマリーの世話を一時他の者に預け、ミルの侍女として仕えるように魔王は命令していた。

その命令が下ったのが丁度一ヵ月前。魔王はクローエルにミルの世話を押し付けるだけ押し付けて、しばらく城を空けていたのだ。その後の経過を全く知らなかった。

「ミル様でしたら――」

魔王の威圧感に物怖《ものお》じせず、クローエルは淡々と申し上げた。

「もう城にはございません。先日出て行かれました」

「ほう、そうか。それなら――って何⁉　出て行っただと⁉」

「はい。何やら冒険がしたいそうで、おそらく戻ってこないものかと思われます」

しれっとクローエルはそう告げる。

「ぬしに命じたであろう！　王女ミルの世話を任せると、その任はどうした？」

「私が命じられたのは『この城にいる間、王女ミルの侍女として世話を任せる』でしたので、もう城にいらっしゃらないミル様の世話までは命じられておりません」

「なら出ていくのを止めるのが筋であろう！　ぬしは止めたのか？」

「いえ、そのような命は受けておりませんので」

はぁ……と魔王は眉間に手を当て首を振る。

「相変わらずだな、お前は。昔から変わらん」

「恐れ入ります」

先代魔王の代からの付き合いである魔王とクローエル。魔王にとってはクローエルの奇行は慣れたものだった。

「しかしあの王女に外の世界で生きられるとは思えぬが、よもやすでに魔物にやられ野垂れ死んではおらぬだろうな」

「それについてはご安心を。わたし自ら剣術を教え、彼女自身も書庫からいろいろな魔術を学んでおりますので」

「なにゆえ⁉」

むしろ城から出ていく行為を手助けする始末。魔王も思わず玉座から立ち上がって驚いていた。

「加えて方位磁石や食料など冒険で使える道具も渡しておきました。まず野垂れ死ぬことはないでしょう」

「ぬしというやつは……つくづく冒険者に甘いな」

「恐れ入ります」

「褒めておらんわ！」

はぁ……と二度目のため息を吐《つ》き、玉座に座りなおす。

「しかし――書庫の魔術か……まさか『あの魔法』を使えたりはしてないだろうな？」

魔王の声色が変わる。その額にはじんわりと汗がにじんでいた。

クローエルには魔王が言う『あの魔法』の意味がわかっていた。

「あの消失魔法のこと……でございますか？」

特大消失魔法『エクスティンクションゲート』――魔族の中ではその言葉そのものが禁句となっていた。

「ぬしも知っておろう――いや、人間が『本当の意味で』使いこなせるわけがないか。それよりもミルだ。ミルはどこに行った？」

「それは私も存じ上げておりません。王都を目指すなら東へ行かれたと思われますが」

「東か……今、ミルに出ていかれても困る『奴《やつ》』を呼んで参れ。ミルを追う」

「かしこまりました――あ、それと」

「まだ何かあるのか」

「マリー様がミル様と接触しました。魔王様愛用の大鎌を持ち出して戦闘になったと報告がありました」

「なに……？　マリーにケガはなかったのだろうな？」

「ええ、多少お召し物は汚れておりましたが、無傷です」

「でなければ困る。あれは次期魔王となる身。何かあってからでは遅い。クローエルからもよく言い聞かせておけ。勝手な真似《まね》はするな、勉学にのみ集中しておれ、と」

「……………かしこまりました」

一瞬だけ眉をひそめたクローエルを魔王は見逃さなかった。

「何か言いたげだな」

「なにも……失礼いたします」

命令する魔王に一切口答えせず、クローエルは頷くとゆっくりとその場を後にした。

残された魔王は深いため息を吐き、

「全く…………マリーのやつにも困ったものだ。しかしそれよりミルの方か……だが、人間の足ならそう遠くは行けまい。『奴』なら必ず連れ戻してくれるであろう」

むしろ心配なのはミルの方だ。あんなか弱い娘が外に出て、周辺の魔物に食い殺されてなければいいが。

「苦労が絶えんな」

再び魔王は深いため息を吐くのだった。

◇

「みてみて！　ユーリアちゃん！　触手いっぱーい！」

「あわわ……ミルさん、に、逃げてくださいっ」

ユーリアの村から東へしばらく歩いた後、ミルたちは魔物に襲われていた。

全身が泥のような軟体であちこちに人を捕食するための触手が生えた魔物——ローパー。

今まさにミルはそのローパーに両手足を絡《から》めとられ、捕食されようとしていた。

「うわぁ、触手って思った以上につぶつぶなんだぁ。もっとぬるぬるかと思ったけど、ざらざらしてるよっ」

「そんなこと言ってる場合じゃ……」

どこが顔かわからないローパーの体の一部がぱっくり割れた。口だろうか、大きく開いた口のようなところにミルが放り込まれようとしていた。

「想像通り息臭いっ！」

ユーリアの心配をよそにミルは触手プレイを楽しんでいた。

「わ、わたしがなんとか、しなきゃっ」

ユーリアは両手を天に突き上げ、魔法を唱える。

「デストレイルテンペスト！」

同時にユーリアの頭上から雷雲がもくもくと発生する。嵐が巻き起こり周囲の木々を激しく揺らす。

「これユーリアちゃんの魔法⁉」

木をなぎ倒しかねないほどの強風が吹き荒れ、周囲に豪雨を呼ぶ。天候そのものを変えるほどの究極魔法だ。

激しく稲光が発したかと思うと無数の雷の槍《やり》がローパーの触手を切り裂いた。

「いて」

触手が切れ自由になったミルが地面に尻餅をつく。その間にいくつもの雷の槍がローパーの体を貫き続ける。

「ぉぉぉ……おおぉぉっ」

悲鳴のような低音を発したローパーは森の奥へとずるずると這《は》うように逃げて行った。

「あ〜、逃げちゃった」

地面に尻餅をついたミルはスカートの裾を手で払う。

「だ、大丈夫ですか……？」

「うん！　すごいねユーリアちゃんの魔法」

魔法を解いたのか、雷雲はみるみるうちに収縮し、やがて先ほどまでの快晴の空へと変わった。

「ミルさんに当たらなくてよかったです……」

やっぱりユーリアは並の冒険者を遥《はる》かに超える能力を持っている。強力な魔法でもそれを制御する力がある。

「ありがとうね、ユーリアちゃん――さあて次は巨大スライムの魔物はいないかなぁ」

あのぷるぷるした体に一度包まれてみたいと思っていた。

「ダメですよ。もう結構寄り道してしまいましたから……」

ユーリアの村を発《た》ってから半日。西の空を眺めると、うっすらと空が朱色になっていた。

こんな森の奥で陽《ひ》が落ちると野宿しなければならなくなる。

「その、ユーリアちゃんの言ってた里ってこっちの方角なんだよね」

ユーリアの情報だと、ユーリアの村から東へ進むと獣人族の里があるらしい。何度も交流があり、半日くらいで着けるらしいとのことから、次の目的地にしていたのだが――。

「そうです。わたしの杖《つえ》を見せればわたしがユーリアってわかってくれると思います」

とユーリアは腰から短く細い杖を取り出した。その木の杖はどうやらその獣人の里からの贈り物だったらしい。

「じゃあ人間だからって追い返されないってこと？」

「は、はい……元々獣人の方は魔族にも人間にも属さない種族です。けど友好的なので何度か交流を持っているん、です」

獣人に関する知識はミルはほとんどない。ただケモミミやしっぽが生えていて、人の言葉は通じるけど警戒心が強いってくらいしかわからない。人と交流を持つ獣人もいるが、基本的には山奥でひっそりと暮らしているらしい。

「早く着かないかな～。ねえ半日くらいならもうすぐだよね」

「そうです、けど……ミルさんが寄り道してるからまだ遠いかもです」

「ごめんなさい」

つい珍しい植物が生えていたり、魔物がいたりするとふらふら～とそっちへ行ってしまうのが癖になっている。

「でも、たぶんそう時間も――あっ、見えてきました」

ユーリアがまっすぐに指を差す。

木々の間から、いくつもの藁《わら》葺《ぶ》き屋根と畑が見えてきた。あれがユーリアの言っていた獣人の村なのだろうか。

「おおっ！　じゃああそこにケモミミもふもふの獣人たちがいるの？」

「はい、おそらくそうだと思います。わたしは初めて来ましたので……」

「そうなの？」

「お父さんがよく話してくれたから知ってるだけで、獣人は直接見たことないんです」

獣人がどんな人たちなのか――想像しただけで興奮が抑えきれない。ケモミミにしっぽとか、手足に肉球がついていたりとか。触ってみたい！

「先行ってるよ！」

「あ、ダメですよミルさん～」

ユーリアの制止も聞かずにミルは木々の間をするすると抜け、村の門前まで走ってきた。

立派な木造の門と周辺を覆う柵。外敵からの侵入を拒むような作りになっている。

その門の前に誰かいた。

こちらに気づいた誰かは腰に下げていた剣に手をかける。

「何奴《なにやつ》、止まれ」

獣人の女の人だった。

輝くようなブロンドの長い髪。着流しというのだろうか、腰に帯を着けゆったりとした装《よそお》いをしている。なかなかの美人だ。すらっとした手足にくびれもはっきりとわかる。胸もミルやユーリアと比べても大きい。

肌は色白くきめ細やかで、長い眉に紅を差した唇、鋭い目付きは大人の風貌を醸《かも》し出《だ》していた。

そして特筆すべきはその頭。ピンと立つ一対のケモミミがそこにあった。狐《きつね》か猫だろうか。耳の先っぽが尖《とが》っている。そして背中の方からにょろんと金色のしっぽが見えている。

手足には肉球はないが、おおむねミルの想像通りだった。

「おおっ！　ケモミミ！　しっぽ！　すごくかわいい！」

「ケモ……？　しっぽ……？　かわいい？」

なぜか動揺している。

じりじりとミルがにじりよると、ハッと我に返ったかのようにケモミミ女が腰から剣を抜き放った。

「こ、これより先は我らの里の敷地《しきち》。無断で入ることは許さん」

剣――というよりあれは刀だった。鈍く光る刀身がわずかに湾曲している。

ミルはぶんぶんと手を振る。

「待って、誤解なの！」

ただ撫《な》で回《まわ》したいだけなのに、警戒されてたら触れない。どうしたら警戒を解いてくれるだろうか。

「くんくん……おぬしのバッグから肉の匂いがする」

（お肉？　これかな？）

ミルはバッグからほしにくを取り出す。

「お肉欲しいの？　ほら、食べていいよ」

「くんくん……」

ぐ～、とケモミミ女から腹の鳴る音が聞こえてきた。もしかしてこれはいけるのでは？

「食べさせてあげる……おいで？」

ふらふら～、と近づいてくる。チャンス。もう我慢できない！

「な……」

「くんくん……な？」

「撫で回させて～っ！」

我慢しきれなくなって、つい猟奇的に飛び込んでいってしまった。

さすが獣人というべきか、超反応で飛び退《の》かれ、ミルの抱擁をかわした。

「な……おぬし、やはり姿は人でも中身は化生《けしょう》の類いか！　斬る！」

「あっ！　しまった！」

もう少し理性が勝っていれば！

問答無用と言わんばかりにケモミミ女は地を蹴った。腰を低く落とし、弩《いしゆみ》から放たれた矢のごとく一瞬で詰め寄って来る。

「はやいっ！」

とっさに腰から剣を引き抜いたミルは袈裟《けさ》斬りを慌てていなす。

「やるな化生！」

「違うって！」

問答を繰り返しながらもミルはケモミミ女の一閃《いっせん》をいなし続ける。

「くっ……」

「はぁはぁ……速いね……」

ここまで歩いてきてヘロヘロのミルにとってこの戦闘はなかなかハードだった。あのケモミミ女は並の実力ではない。少なくとも魔王軍にいたオークたちより何枚も上手だ。

(どれくらいの強さだろう？)

ミルはゆっくりと手をケモミミ女にかざした。

名前：クロ　レベル：105　HP：1135　MP：755
ちから：1004　みのまもり：638
かしこさ：756　きようさ：1242
すばやさ：1276　うん：200
パッシブスキル：獣人、俊足、気配察知、危険予知、刀適性（大）軽装備適性（中）槍適性（中）炎耐性（小）氷耐性（小）雷耐性（小）
アクティブスキル：妖演乱舞、袈裟斬り、居合、内気功

（強いよ、この子……）

ほしにくに釣られるようなちょろい子だからそんなに強くないかと思ったけど、甘くなかった。

能力を見て戦々恐々としていると、ケモミミ女は刀をまっすぐ正眼に構えていた。

「おぬしを村に入れるわけには行かない。（ぐー）悪いが本気でいくぞ」

「え……今、お腹《なか》鳴らなかった？」

ぐー、って聞こえた。

真剣そうな顔をしたケモミミ女がみるみるうちに頬を染めていく。

「鳴ってない！（ぐー）」

鳴った！

——ケモミミ女が消えた。と思ったら一瞬の内に懐《ふところ》に入りこまれていた。一瞬の反応で下から切り上げる一閃を、ミルは剣で受け止めた。

（ほ、本当に強いよこの子……。私より速いかも）

速さはもちろんのこと剣技も冴《さ》えていた。

魔法なしでこのまま戦い続けていても絶対に勝てない——そう思えるほどの技量だった。

禁忌魔法を使えばおそらく有利に戦える。けどこの子は村を守るために戦っているだけで何も悪くない。できればケガをさせたくない。

（でも、斬られたら痛いしちょっとだけ）

魔法を唱えようとしたその時だった。

「み、ミルさん！　大丈夫ですか！」

ユーリアが息を切らしながら森の奥から駆けつけてきた。

「化生の仲間か！」

逆に威圧され、ユーリアはフードを目深《まぶか》にかぶってカタカタと震えだしてしまった。

「ひえぇ」

ユーリアに代わってミルが声を上げた。

「ごめんなさい！　私、興奮してたみたいで……本当に魔物とかじゃないの」

「なら何の用だ。人間が迷い込んだにしてはおぬしたちは妙に手馴《てな》れているが（ぐー）」

また腹が鳴った。目はこちらを睨《にら》んでいるが、頬がやっぱり赤くなっている。

震えた声でユーリアは口を開いた。

「わ、わたし、その……隣の村のユーリアです。お父さんがよく、お、お世話になって……これ！」

子猫のように震えていたが、腰から一本の杖《つえ》を取り出し、ケモミミ女に見せた。

訝《いぶか》し気にユーリアが差し出した杖を眺めている。

「あわわ、や、やっぱり杖だけじゃダメかな……？　お父さんはこれ見せたら大丈夫って言ったけど」

ユーリアは不安そうに震えていた。

ほしにくを飲み込んだのか、ごくんと喉を鳴らしてからケモミミ女は言った。

「それは……確か里長《さとおさ》が人間に贈った神樹の杖……ユーリアと言ったか？」

「は、はいぃ」

震えるユーリアは今にも泡を吹いて倒れそうだ。こっちもこっちで大変そうだ。

「おぬし、隣の村の者か……？」

「そ、そうです……今晩、村に泊めてほしい、です……」

「しかし神樹の杖を偽装した化生であるかもしれん！　やはり通せん！」

「ふええぇぇ……」

「なんの騒ぎです？」

村の奥から一人の女性が歩いてきた。こちらもケモミミを付けた獣人だ。白と赤を基調としたゆったりした服。確か本で読んだことがある。あれは巫女《みこ》服だ。神事に関わる人物だけが着ている神官の服だ。

「里長！　化生です！　人間に化けております！」

慌てた様子のケモミミ女に対し、巫女福の女はユーリアへと目を向けると、にこりと微《ほほ》笑《え》んだ。

「あらまあ……大きくなったのねユーリア」

「え、ええ？　わたしを知っているん、ですか……？」

「あなたが本当に小さいころグラハムが連れてきたことがあるんですよ」

「そ、そうだったんですか……覚えてないです」

「小さかったから無理もありません。さあ、ここではなんですから村に案内しましょう。クロ、あなたもいらっしゃい」

「あっ、はいっ。しかしもう一人の方は？」

と訝し気にこちらに向き直ってきた。

「あ、ミルです！　ユーリアの友達です。よろしくお願いします」

「うむ。クロだ。先ほどは失礼した」

ぺこりと深くお辞儀をして、握手を交わす。よかった、悪い人じゃなさそうだ。すごくマジメな人だなって印象だ。

「それとすまないが……」

恥ずかしそうにクロは口を開く。

「まだほしにく余ってるか？」

それに加えてとても食い意地が張ったかわいい子だ。

◇

里長に案内された部屋は王都や魔王城で見たところと大きく様式が違っていた。

床には絨毯《じゅうたん》などはなく、草を織って作られた畳と呼ばれる床材でできていた。扉も全て引き戸で紙や布で作られているという。

部屋には椅子はなく中心に背の低いテーブルがあるのみだった。

「和室は初めてでしょうか？」

「はいっ、とってもいい匂いがします」

ミルはくんくんとつい匂いを嗅いでしまう。

「それはイグサの匂いですね。気に入っていただき光栄です。さ、どうぞおかけになってください」

座布団《ざぶとん》の感触はふかふかで座っていて気分が落ち着く。王都では絶対味わえない感覚だ。

「先ほどはごめんなさいユーリア。うちの者がとんだ失礼を」

「その、いえいえ……」

正座をしていたユーリアが俯《うつむ》きもじもじとしていた。

「それに関しては私のせいです。ついケモミミの人に会うのが初めてで……」

とミルが謝った。暴走した結果、誤解を与えてしまったのは事実だ。

「ケモミミ？　我々の耳のことでしょうか？」

ぴこんと里長の耳が揺れる。

「獣人の方って初めてでつい興奮して私が彼女に失礼をしてしまいました」

とミルは向かいの席に座るクロの方へと目を向ける。クロの方はまだ警戒心があるように見える。

「なるほどそういう訳でしたか――あっすみません、自己紹介が遅れました。わたくしはこの里の長を務めておりますイリエと申します。こちらはクロ。わたくしの姪《めい》です」

「クロだ。改めて非礼を詫《わ》びる」

深々と頭を下げる。

「私はミル＝アーフィリア。ほしにくおいしかったですか？」

「……（こくっ）」

それはなにより。

すると「アーフィリア⁉」と里長のイリエが声を荒らげた。

「あの……失礼ですが、もしかすると聖アーフィル王国のミル＝アーフィリア殿下でしょうか？」

「はいっ、訳あって魔王城に囚《とら》われていたんですけど、抜け出してきちゃいました」

意外と名前が知られているようだ。そんなに有名だろうか？

「遠いこの地までお噂《うわさ》はかねがね聞き及んでおります。女神に愛された聖王女に会えるなんて光栄です」

いやぁ、とミルが後ろ頭を掻《か》いていると、「王都の聖王女⁉」とクロが身を乗り出す勢いで声を荒らげた。

「これ、クロ」と里長がとっさに諌《いさ》めるも、クロは続ける。

「もしかすると王都の食べ物――チョコレートケーキとかレアチーズケーキとか食べたことあったりするのか」

「これ！」

どこか興奮気味のクロに対し、少し語気を強くして里長が諌めようとする。

「ありますよ。他にもミルクレープとかイチゴケーキとか――もしかしてクロさん、ケーキが好きなんですか？」

「実はわたし……食べ物に目がないんだ！」

それは知ってる。

「特に甘いものが好きで……饅頭《まんじゅう》やおはぎよりも甘いと聞いて――ぜひ食べてみたい！」

テーブルから身を乗り出してきた。目はこの上ないくらいきらきら輝いている。

「饅頭？　おはぎ？　ユーリアちゃん食べたことある？」

と隣のユーリアに訊《たず》ねると、ふるふると首を小さく横に振った。

初めて聞く食べ物だ。こうして部屋の様式も違うのだから食べるものも違ったりするのだろう。

「興味がおありでしたら、ご用意いたしましょうか？」

「いいんですか？　ぜひお願いします！」

「では少々お待ちを」と里長が部屋の襖《ふすま》から出て行った。

「あの……ミルどの」

「ミルでいいですよ」

「ではわたしのこともクロと呼んでくれ。敬語も不要だ──その、王都の食べ物って他にどんなのがあるんだ？　教えてくれ！」

「そうなんだ。いっぱいおいしいのあるよ。さっき言ったケーキ以外にもシュークリームとか。プリンとか」

「シュークリーム？　プリン？　それはどういった食べ物なんだ？」

「カリッとした生地の中にふわふわのクリームが詰まってる食べ物だよ。食べると口の中でとろとろになって甘みがぶわーって広がるの」

ごくり、とはっきりとクロの喉が鳴るのが聞こえた。背中越しにクロの金色のしっぽが左右に揺れているのがわかる。

「お待たせいたしました。お饅頭とおはぎをお持ちしました」

と帰ってきた里長が持ってきたお椀《わん》をテーブルに置く。白くて丸い小さな食べ物と逆に黒くてつぶつぶした食べ物の二つがあった。

「どうぞお召し上がりください」と促され、ミルは白い食べ物、ユーリアは黒い食べ物を手に取り、口に放り込む。

と同時に――口の中が幸せになった。

「あまーいっ！　硬いのかなって思ったけどほどいい柔らかさ！　ユーリアちゃんは？」

「はむはむ………え？　あ、甘い、です……」

夢中になってかじりついていた。

里長は嬉《うれ》しそうに微笑み、

「ミル様がお召し上がりいただいたのはお饅頭、ユーリアのはおはぎです。まだまだございますので遠慮なさらないでください」

「ありがとうございます！　こんなおいしい食べ物があるなんて！」

つい二個目も口にしていた。飲み物が欲しいと思っていると、里長《さとおさ》が湯呑《ゆのみ》にお茶を入れてくれた。

「緑茶です。熱いのでお気をつけて」

出されたお茶もずずずと飲む。お饅頭にぴったり合うほどよい苦さだ。

「里長、もう日が暮れてきている。そろそろ食事にしてはいかがでしょうか？」

「そうですね。腕に寄りをかけて作らせていただきますね」

「よろしくお願いします！」「お、お願いします」とミルたちはぺこりと頭を下げた。

「少々お待ちになってくださいね」

と立ち上がって行こうとするイリエに「里長、わたしも手伝う」とクロが言うと、

「クロはお二人と話したいことがあるんでしょう。こちらはいいから、お二人とお話ししてなさい」

と言って「ではごゆっくり」とイリエはまた出て行った。

残されたクロは咳払《せきばら》いをして、

「なあミル。冒険って楽しいのか？」

「楽しいよ！　クロも興味あるの？」

まだ数日しか旅をしていないけど、外の世界は初めてのことばかりで興奮させられっぱ

なしだった。

クロはどこかうずうずしているようだった。

「わたしは王都だけじゃない――いろんな地域のおいしいものを食べたい」

「ケーキとか？」

「甘いものは特に！　この里の外にはもっといろんなものがあるんだろ⁉」

この里にもお饅頭とかさっき食べた味噌汁《みそしる》とかおいしいものはあったけど、いろんなものを食べようと思ったら外に出ないといけないだろう。

「冒険してみたいってこと？」

もしかして、チャンス？　ミルは思い切って誘ってみた。

「もしクロさえよければ、私たちと一緒に冒険してみない⁉」

「誘ってくれるのか？　わたしを？」

「うん！　ユーリアちゃんもいいよね？」

ユーリアも力強く何度も頷《うなず》いていた。

「そうか、ありがとう。でもわたしは無理だ」

「ええ⁉　どうして？」

行きたがっていたのに⁉

「里の掟《おきて》でこの村の人は外に出ていけないのだ」

「掟？」

「わたしが生まれるよりずっと前からあった掟だ。今でこそ外界との交流はあるが、百年以上前はわたしたちのような耳としっぽを持つ人は珍しかったらしくてな。外に出て人間にさらわれた仲間も多かったそうだ」

外に出て悪いことに巻き込まれないようにということだろうか。確かに獣人なんて王都にいた時は話で聞いただけで見たことは一度もなかった。

残念だけど諦めるしかなさそうだ。

落ち込んでいると、クロが口を開いた。

「あまり落ち込まないでくれ。誘ってくれたのはとても嬉しい――そうだっ、代わりといってはなんだが、温泉に入らないか？　我が里の自慢なんだ」

「温泉あるんだ⁉」

王都にいた頃は冒険者から聞いたことはあったけど、入ったことはない。めちゃくちゃ気持ちいいらしく、実は冒険に出たらやってみたいリストの一つだった。

「ここの温泉は気持ちいいぞぉ。一緒にいけないお詫びにいっぱい癒やしていってくれ」

クロに導かれてるんるんでミルたちはついて行った。

「そんなおいしそうな食べ物もあるのか!?」

◇

里長の家の脇──柵で囲まれた屋外の露天風呂《ろてんぶろ》にクロの声が響き渡った。

とても気持ちいい風が露天風呂に吹く。周りから虫の声も聞こえてくる。とても都会では味わえない気分だ。

「うん、ミルフィーユっていってパイ生地とカスタードクリームの組み合わせが本当においしいんだ」

ミルはクロの背中をごしごしとタオルで洗いながら王都のお菓子の話をしていた。

こうして人の背中を流すのは初めてだ。クロの肌はすべすべでお尻のところからは金色のしっぽがひょっこり伸びている。やっぱり本物だ。

うぅ……見てたらうずいてしまう。

触りたい！

このまま触りたいけど──。

「あの……クロさん」

「ん？」

「しっぽとケモミミ！　もう我慢できない！」

やっぱり無理だった。訊ねる前にミルはクロのしっぽとケモミミをわしゃわしゃと触っていた。

柔らかい！　しっぽなんてふかふかだ。水にぬれても毛先は綺麗でケモミミなんかはぷにぷにしている。

「わ、わたしもいいですか？」

隣で体を洗い終えたユーリアもクロのしっぽに飛びついた。

「わ〜、ふかふかです〜」

「ケモミミも柔らかいよ〜」

二人してわしゃわしゃと触りつくす。

「あはは っ！」

………だいたい五分くらい、ひとしきり触ってから三人はお湯につかる。

「あ〜気持ちいい〜。王都には温泉なんてないから新鮮だよ〜」

「そうなのか？」

クロが隣でびっくりしていた。離れたところではユーリアが湯舟の中で両手を広げてぷかぷか浮いている。

「うちにはお風呂はあったけど、温泉じゃなくて大きな湯舟ってだけだったから」

それに露天風呂に入ったのも初めてだ。あつあつのお湯につかって涼しい風を浴びることがこんなに気持ちいいなんて初めて知った。

「もっと王都のこと聞かせてくれ！　確かいつでも好きなだけごはんが食べられるんだろ？」

クロがわくわくしている。やっぱり食べ物の話になるとテンションが上がるようだ。

「あはは、さすがに好きには食べられないよ。私は行ったことないけど、城下にはレストランがいくつもあってお金さえ出したらおいしいものいっぱい食べられたり」

「おおっ！　肉も食べ放題か？」

肉なんだ。

「バイキングっていう食べ放題のサービスがあったら、好きなだけお皿に盛ってもいいんだよ」

「ケーキもか？」

「ケーキバイキングがあると思うからそこでなら……」

じゅるう～、とクロの口の端から涎《よだれ》が垂れていた。クロの好きなものの傾向がわかった気がする。甘いものと肉だ。

「アイスクリームもおいしいよ」

「なんだそれは？」

「あっ、知ってます！」

ぷかぷか浮いていたユーリアがざぶんと体を起こした。

「行商人さんから聞きました！　牛乳を凍らせた食べ物ですよね」

「牛乳を凍らせる⁉　それは氷じゃないのか？」

クロの好奇心の目がこちらに向いてきた。ユーリアも興味があるのか、珍しく興奮しているようだ。

「細かい作り方は知らないけど、ものによってはすごくふわふわしてて、甘いよ。他にもフルーツとか混ぜてパフェにしたり」

「パフェ⁉　明らかにうまそうな食べ物⁉」

名前だけでクロは興奮していた。

「わたしも実はちょっと食べたいです」

ユーリアだって村から出たことないからそういった王都の食べ物は口にしたことがないはずだ。もしかすると言葉にしなかっただけで、ずっとそういうおいしい食べ物を食べたかったんじゃないだろうか。

「しかし……外の世界はすごいな。わたしの想像以上だ」

ちゃぷ……と湯舟が揺れる。

クロは空を眺めて「はぁ」と幸せそうなため息をついていた。

(なんだか似てる)

自分の姿にちょっと重なる。楽しそうに妄想して楽しんでいるところが。

「おぬしたちと友達になれてよかった」

「友達……うんそうだよね。わたしも嬉《うれ》しいよ」

「この里はほとんど外と交流しない。こうして外の者と外の世界のことで語り合えたのは生まれて初めてだ」

「なんだか照れちゃうな」

友達。クロからそう言ってもらえるのは嬉しい。ミルには今までそういう相手はいなかった。隣では「えへへ」とユーリアもはにかんでいる。

「たまにはこの里のことを思い出してくれるとわたしも嬉しい。また近くに寄るようなことがあったらいつでも歓迎するからな」

「うん！　ありがとうクロ」

会えてよかった。

今日一日だけの関係だとしても。

◇

夜の闇に包まれた十畳一間の寝所。蝋燭《ろうそく》の灯《ひ》がゆらりと揺れる。皆が寝静まった深夜に里の長《おさ》であるイリエは書見台に置いた書物を読んでいた。

書見台に置いた書物の頁《ページ》に手をかけたその時だった。

鳴いていた夜の虫が一斉に静かになった。

——気配がする。

襖《ふすま》の奥——暗闇に包まれた廊下から誰かが足音を殺して近づいてくる。

クロではない。客人でもない。邪《よこしま》な気配。何者かを害そうとする者の独特な粘っこい黒い感情だ。殺気というのか。そこにいる誰かはそれを全く隠そうとしない。

「何者です」

「里長イリエどの。少々時間、よろしいですかな」

襖がゆっくりと音を立てずに開く。

現れたのは全身を黒いローブで覆った魔族だった。頭には額から一本の角が生えており、赤い肌。顔立ちは角ばっており屈強な男の印象を受ける。オーガ族だ。

「まさかあなたは魔王軍ですか？　何の用です、今更」

「単刀直入に申しましょう。ここにいるミル＝アーフィリアを引き渡していただきたい」

「ミル様を？」

確か彼女は魔王城を抜け出してきた、と言っていた。となるとこのオーガは彼女を連れ戻しに来たのか。

「吾輩《わがはい》、荒事は好きではないのです。できれば穏便に済ませたい。どうかな？　素直に従えば、『里』は無事に済むと思いますが？」

「脅し……ですか。魔王軍にとってミル様を欲《ほっ》する理由は『女神の巫女《みこ》』の力――でしょうか？」

「なら話は早い。別にあなた方にとって庇《かば》いだてする理由などありますまい」

目の前にいるオーガはただの下っ端《したっぱ》ではない。おそらく幹部――四天王だ。そんな連中がわざわざ来るとは、それほどまでにミルの力が必要と見える。

イリエは息を整え、

「ミル様は我が里の客人で――クロの友達。わたくしのクロの友達をあなた方のような野蛮な連中に引き渡す道理はございません」

「なるほど……気丈な方だ。あまりこういう手段は取りたくないのですが、強引に連れていくしかなさそうですな」

イリエは鋭くオーガを睨《にら》みつけた。

「ミル様をかどわかすつもりですか？　わたくしが黙っているとでも？」

と言うと、オーガは嘲笑を上げた。

「何か、勘違いしておられますな。あの王女様は魔王城の門番を倒した強者《つわもの》。加えてあなた方獣人連中と正面から戦うなど危険が大きすぎますからな。ですがあなた一人ぐらいなら、吾輩でもいかようにもできる」

「なにを……？」

「この里の獣人はあなたのように殺気に敏感だと聞きましたよ」

「里長！　何者です⁉」

襖の奥から駆けてきたのはクロだった。手には幼少の頃に与えた里の宝刀が握られていた。

同時にオーガが動く。目にも留まらない速さでイリエの背後に回り込み、その太い腕でイリエを羽交い締めにした。

「ぐっ……」

喉を締め付けられ、声を発せられない。

「里長！」

「動くな。この女の首をへし折られたいですか？」

「……卑怯《ひきょう》な」

「この女を返してほしいならば、明日の朝、ミルをこの村から南西の湖へ連れてこい。その際、吾輩のことを何も話すな。もし破ったら——わかっていますな？」

人質——最も単純で浅ましい行為だ。

だが、ミルの性格ならクロの言葉に疑いなくついて行くかもしれない。

（姑息《こそく》な手ですね……こちらの事情も込みでしょうか）

この村内では他の獣人も相手にしかねない。それでは双方、甚大《じんだい》な被害が出る。さらにミル自身に逃げられるかもしれない。そうなったら最悪。より安全かつ確実にことをなすならこの方法が最適だろう。

（なるほど、連れていくとは——まさかわたくしのことだとは……）

「わかりましたな？　クロとやら。自然に誘うのですよ？」

と言い残し、ゆっくりと襖を開け、音もなく外の闇へと消えていく。

残されたクロはその場に崩れ落ちた。

あのオーガがなぜ里長を襲ったのか——話からミルをさらおうとしに来た魔族。おそらく魔王軍だろう。

(魔王軍がどうして——ミルが王女だから?)

聖アーフィル王国の王女には特別な力があると里長から聞いたことがある。魔王軍はそれを狙ってミルをさらったのか?

そして——その力のせいで里長がさらわれてしまった。

(里長……)

助けるためにはミルを売る——おそらくミルとはもう会えなくなるが、里長は助かる。里長を殺すような行為はこの里全体を敵に回す行為になる。さすがにそれは魔王軍にもメリットはないだろう。

やっとできた友達を——でも。

里長はクロにとっては親代わりだ。父はクロが幼少の頃、魔王軍に所属している時に遠征で命を落とし、母はクロを産んだ時に亡《な》くなった。

それ以来、クロは里長に育てられてきた。ずっと昔から——いつまで経《た》っても見に付かない作法を根気よく教えてくれた。里を守るため、剣を教えてくれた。森で迷子になった時、服がボロボロになるまで捜し出してくれた。

（わたしは……っ）

どうしたらいい？

◇

「ねえ、クロ。これから行く湖ってどれくらい大きい？」

早朝。朝ごはんもまだの時間帯だ。

ミルとユーリアはクロに連れられて村の外に来ていた。ほとんど整備されていない獣道だ。茂みを手で掻《か》き分け、ずんずんと森の奥に入っていく。

クロから「近くの湖に散歩しにいかない？」と提案された。どうやら早朝にしか見られないめずらしい景色が広がっているらしい。

念のため村の外だから剣は持ってきたけど、いらなかったかもしれない。

「……そこそこかな。それほど大きくない」

これから素晴らしい景色を見に行くというのに、クロはさっきからずっと俯《うつむ》き加減だ。具合でも悪いのか、どこか乗り気でなさそうだ。

「どうしたの？」

「え、いやなんでもない。それよりもう少しだ」

木々の隙間から朝の陽《ひ》ざしを反射してキラキラと光る湖が見えた。

それを見つけてついミルは駆け出してしまう。

「うわ～綺麗《きれい》～っ。クロの見せたかった湖ってこれ？」

と振り返ると、

「……すまん」

と奥歯を噛《か》みしめて悔しそうに呟《つぶや》くクロと――。

「計画通りですな。クロ、良《い》い働きだ」

黒衣のオーガがいた。そして周りにはデーモン族やオークがミルを取り囲んでいた。

「え、え？　どういうこと？」

「ごめん……ミル、ユーリア」

「きゃっ、は、放してくださいっ」

「ユーリア！」

クロの傍《そば》にいたユーリアはデーモン族の魔族に拘束された。

「悪いことは言いません。吾輩と共に魔王城へ帰ってもらいますぞ」

黒衣のオーガが一歩前に出た。どうやらこのオーガがここの連中を纏《まと》めているリーダーらしい。

「角の人、誰？」

背中に大きな剣を背負っている。両手剣だろうか、人間では到底扱いきれなさそうなくらい巨大な剣だった。

「これは失礼。吾輩は魔王軍四天王――赤腕のグルードと申す者です。以後お見知りおきを」

「四天王⁉」

クローエルから話を聞いたことがある。魔王軍の中でもトップの実力を持つ四人の魔族。

その実力は魔王に次ぐ。

ミルは気づかれないように手をグルードに向ける。

名前：グルード　レベル：145　HP：3550　MP：1400
ちから：1905　みのまもり：2051
かしこさ：1504　きようさ：1695
すばやさ：1302　うん：1090

パッシブスキル：魔将軍、両手剣適性（大）魔剣グラム適性（大）超再生、炎属性耐性（大）
アクティブスキル：魔光閃《まこうせん》、怒りの咆哮《ほうこう》、高度暗黒魔法、轟雷《ごうらい》の一撃

（強い……）

今まで見た魔族の中でもトップクラスだ。まともに戦えば絶対に勝てない。四天王とは名ばかりの幹部ではないということか。

「魔王様からの勅命でしてな。ミル様、さあ魔王城へ帰りますぞ。勝手に出て行っては困りますのでな」

追っ手が来るかもとは思っていたけど――想像より早い。

せっかく外に出て冒険できて、こうして友達もできたのに帰るなんて絶対嫌だ。もしここで魔王城へ戻ったら、もうユーリアやクロに会えなくなるかもしれない。

「戻らない！　私はもっと冒険したいんです！」

腰から剣を引き抜いた。

周りのオークたち――もしかすると魔王城にいた頃の知り合いがいるかもしれない。けどみんな命令されているからか、友好的な感じではない。

あんまり傷つけたくない。このグルードとかいうオーガも仕事でここにいるんだろうし。

「全く強情ですな。この状況がわからないわけではないでしょう？」

「うぅ……」

グルードの背後ではオークに捕まったユーリアが苦痛に顔を歪《ゆが》めていた。

「あなたが魔王城の門番を倒して出て行ったことは聞いています。多少お強くても人質相手には無理押しもできないでしょう？」

こんなに強い四天王がわざわざ寝込みを襲わず、こうして回りくどい真似《まね》をしているのはミルを警戒してのことだったらしい。

「ユーリアちゃんを放して！」

「ミルさまが素直になれば放して差し上げますよ。だがそうでないなら――おい」

グルードの命令にオークはこくりと頷《うなず》き、

「うぅ……あぁ……」

首を締めつけられているのか、さらに苦しそうにユーリアは呻《うめ》いた。

「ユーリアちゃんは関係ないよ！　放して！　オークさんも何とか言って！」

周囲にいるオークたちはこちらを黙って睨《にら》むだけで動こうとしない。王に命令された兵というのは王都にいた頃でも何度も見てきた。ミルごときの言葉では動きはしない。

「素直になれば不幸は起こらずに済みますよ？　吾輩《わがはい》の命令はあくまで『ミル王女を連れ戻すこと』、目的遂行のためなら多少の犠牲は構わないのですがな」

「犠牲って……」

ユーリアちゃんの命が……？　本当にそこまでするの？

頭の中がぐちゃぐちゃになって言葉が出て来ない。手も足も鉛のように重く感じられ、何一つ動かすことができない。

ちっ、とグルードが痺《しび》れを切らしたのか、

「おい、クロ。この手錠を王女にかけなさい」

と隣で縮こまっていたクロの足元に銀色の手錠を投げる。

「それは魔封結晶を埋め込んだ銀手錠です。いかに強力な魔法を持っていようと無効化可能なのですよ。それと――」

首輪のようなものを一緒に投げた。

「これは？」

「イビルリング。一度つけてしまえば主《あるじ》以外は外せない呪いのリングです。もし装着者が主の命に逆らえば死を覚悟するほどの苦痛を与える――まあつけてしまえばペット同然になるという代物です」

「そ、そんな——そこまでする必要があるのか!?　これ以上は約束が違う……っ」

「何を言っているのです?」

グルードはクロへ詰め寄る。無理やり胸倉を掴《つか》み上げる。

「ぐうう……」

「お前にそんな選択権はないんですよ。まだ立場がわかりませんか」

「いや、だ……友達を……これ以上、傷つけたく——あぁっ」

言い終わる前に、グルードがクロを地面にたたきつけた。

さらに地面に転がるクロ目掛けてグルードは何度も蹴りつける。

「わかっていないようですね。里長《さとおさ》がどうなってもいいのですか!　この!」

「ぐあっ、うあっ!」

クロはやり返そうとしない。それどころか抵抗しようともしない。

なんでクロがずっと暗かったのかわかった。脅されていたんだ、このオーガに。

話から察するに里長が人質に取られてて、ミルをここに連れてこいと言われていたんだろう。

それなのに、自分は何も知らずにのこのこと——。

「わかってないなら、何度でもその体に聞きましょうか!　ほら!」

「うう、ぐう！」

「やめてよ……」

ミルは拳を握りしめる。

「さあどうですか！　やる気になり――」

「やめて！」

怒気の孕《はら》んだ一喝に空気が振動する。

それまで蹴り続けていたグルードの動きが止まる。目を見開き驚いたような表情でこちらを見ている。

「ミルさま？」

グルードだけではない、周りのオークたちもたじろいでいるようだった。

「許さない。あなただけは……クロやユーリアを傷つけたあなただけは！」

本気で怒った。

こんな感情は生まれて初めてだ。胸の奥から湧き出る感情が抑えきれない。魔族も人間も同じだ。いい人もいれば、悪い人もいる。

（私は……っ！）

目の前にいるこの魔族のことを決して許さない。

「グラビティゲート！」

「うがぁぁっっ！　なんですか、これは！」

クロを蹴っていた足がずぶずぶと地面に埋まっていく。局所的重力禁忌魔法グラビティゲート。片足だけが地の底へと沈んでいく。このまま沈み続ければ足が折れてもおかしくない。

「小賢《こざか》しいですよ！　この程度の魔法！　アンチドミネーション！」

初めて聞く魔法だ。発声と同時に魔法が解け、グルードは地面から足を引き抜いた。おそらく魔法の干渉を防ぐ魔法だろう。

「ダークミスト！」ミルの魔法によって周囲は一瞬の内に黒い霧に覆われる。「ユーリアちゃん！　クロ！」

この闇に乗じて拘束から逃げてくれるだろうか。心配は束《つか》の間《ま》。「うわぁ！」「ぐあっ！」とオークたちの苦悶《くもん》の声が暗闇から響く。

「アクアシフト！」

ユーリアの魔法が聞こえ、さらにオークたちが阿鼻叫喚《あびきょうかん》の声を上げる。

「ええいっ！　ワールウィンド！」

黒い霧が風によって吹き飛ばされる。

霧が晴れると、クロとユーリアの二人がミルの目の前まで来ていた。

「ユーリアちゃん！　クロ！」

「み、ミルさん……っ。こ、怖かったですぅ！」

ユーリアはカタカタと震え、今にも泣きだしてしまいそうだった。

「ミル……すまない。わたしのせいで」

罪悪感に苛《さいな》まれているのか、クロはずっと俯《うつむ》いたままだ。

ミルは「ううん」と首を振る。

「クロは悪くないよ。あの魔族が全部悪いんだよね。イリエさんが捕まって何もできなかったんだよね」

「だが……わたしはおぬしを……」

「そういうのはなし。今はあいつをやっつけよ！」

そう言ってグルードに向かい合う。

「魔族の魔法を使えるとは……書庫で魔導書を読みましたね？　だが所詮人間の真似事《まねごと》！

魔族とは魔力の質が違う！　ウィンドボム！」

グルードは両手で空気の塊を作り出し、こちらに飛ばしてきた。ユーリアが両手を突きだし、

「ウォールウィンド！」

風の壁を作り出し、グルードが生み出した空気の塊を防ぐ。だが完全には防ぎきれず

「きゃっ」と軽く吹き飛ばされてしまう。

いくらユーリアでも魔王軍の幹部の繰り出す魔法を防ぎきるのは難しいようだ。次に同じ魔法がきたら支えきれないかもしれない。

（魔法を防ぐには──あれだ！）

「言ったでしょう？　魔力の質が違う！　ウィンドボム！」

続けてグルードが同じ魔法を使ってきた。ミルはとっさにバッグから『短剣』を取り出す。

「っ！　なに⁉」

グルードの放った魔法がミルの短剣へと吸い込まれていく。宝物庫で手に入れた『ルーンエッジ』だ。相手の魔法を吸い取ることができる短剣だ。

ミルが「えいっ」と短剣を振ると、空気の塊が放たれグルードの足元に着弾した。吸収した魔法は振ることで放つことができるらしい。

「その短剣も魔王城で得たものですか！　くっ、王女のくせに手癖の悪い……。お前ら！　いきなさい！　王女を捕らえるのです！」

グルードは怒りのまま叫んだ。

オークたちは剣や斧《おの》を手に一斉に向かって来る。

「はわわ……ミルさんっ、ど、どうしましょう！」

「もう迷わない。ミルを裏切りたくない！」

クロは腰から抜いた刀を構え迎え撃とうとする。

——いや、そんなことはしなくていい。

「私に任せて。グラビティゲート！」

今度は広範囲に展開する。近づいてきていたオークたちは「うわぁぁっ」「な、なんだ」「体が重い……」と全員が地に伏せていた。

それからミルは剣を手に、近くにいたオークに近寄る。

グラビティゲートという魔法は術者には効果が及ばない。一度、相手を範囲に入れて重力の網で拘束すればそれでゲームセットだ。

「あ、すすすみません！　グルードさまに命令されて！　ミルさんを害すつもりはなかったんです！」

同じような顔だけどやっぱりここのオークたちは訓練場で一緒にいたオークだ。

ミルは無言で剣を振りかぶり「ひいっ！」オークの顔寸前のところで止めた。

「イリエさんはどこ？　あなたたちがさらったんでしょ？」

「そ、そこですそこ！」

オークの目線を追うと、グラビティゲートの範囲外のところに一体のオークと猿ぐつわをかまされている里長の姿があった。

「解放して、それからもう私たちの邪魔をしないで。あなたたちと違って今の私の剣は軽いよ」

と同時に魔法を解くと「すみませんでした！」と他のオーク共々、蜘蛛《くも》の子を散らすように森の奥へと逃げて行ってしまった。

足は縛られていなかったらしく、オークと入れ違いざまに里長がこちらに駆けてきた。

「里長！　無事でしたか！」

クロは猿ぐつわを外してあげる。

「申し訳ありませんでした。クロ、ミル様。わたくしが捕まってしまったばかりに……」

「それはわたしも同じことです。ミル、本当にすまない。おぬしたちを騙《だま》してしまった」

「ううん、いいの。イリエさんがこうして無事だったんだし」

安心した。どうやらどこもケガをしていないようだった。

「お、おい！　お前たち何をしているのです！」

慌てるグリードにミルは向き直る。

「クロとユーリアちゃん、イリエさんに謝って」

ミルは剣をグルードへ突きつける。

「くうぅ何を人間の小娘が偉そうに！」

グルードは背中から巨大な剣を抜いた。いくらミルでもあの剣を止めるのは難しそうだ。

――けど的が大きいからよく当たる。

ミルは手を前に突き出し、今打てる最大の禁忌魔法を唱えた、

「エクスティンクションゲート！」

禁忌魔法エクスティンクションゲート。

グルードが構えた剣の先に一切の光を通さない暗黒が出現する。

「な、なんだっこれは！」

その暗黒が刀身を覆う。グルードは恐怖からか剣を近くに投げ飛ばした。暗黒は剣と地面の一部を飲み込むと、一瞬の内に消えた。

暗黒があった部分は丸く削り取られていた。まるで最初からそこには物質がなかったか

のようだ。剣は刀身と鍔《つば》の一部を削り取られていた。

「魔剣グラムが……な、なぜ……」

「この魔法は剣だけじゃない。あなたの体の内部にも発生できるの。さあ謝って、クロたちに！」

すでに三対一。グルードの能力値は知っている。一対一では厳しくても、この戦力差はこちらに分がある。

「く……ふん、我らに歯向かったこと後悔せんことだな――ワープゲート！」

「あっ、待って！」

グルードは空間を引き裂くと、黒い歪《いびつ》が現れた。グルードがその中に入ると、歪は跡形もなく消えた。

「空間移動魔法……？　あんな魔法もあるんだ」

行き先は魔王城だろうか。もし最初からあの魔法を使われていたらすぐにさらわれていた。おそらく一人用の移動魔法なのだろう。

もう追いかけられない。けど全然怒りは収まらない。

「うぅ～許せない！　みんなをこんなに傷つけて！」

怒りのままに地団太を踏むミルの肩にそっとクロが手を置いた。

「本当にすまないミル。謝っても許してもらえないことをしてしまった」

「違うよ！　悪いのはあのデーモン族！　クロやイリエさんをいっぱい傷つけて許せない！」

「そんなの自業自得《じごうじとく》だ。わたしたちはおぬしたちを売ろうとしてしまった」

「でもそれは──」

ミルの声をさえぎりクロは続ける。

「いや謝らせてくれ。全てわたしたちの責任だ。許してもらえないだろうけれど」

「ううん、いいの！　クロは何も悪くないよ、ねっユーリアちゃん」

こくこくとユーリアも頷《うなず》いている。

「……ありがとう。ミル」

クロは深くお礼を言った。クロの言葉を聞いていたら、少しずつ平静を取り戻してきた。

「元々私がここに来たから、あの魔族が来たんだし……こっちこそごめんなさい」

「そんなことない、おぬしたちは悪くない。悪いのはわたしたちだ。もっと他に解決方法があったはずなのに、おぬしたちを差し出してしまった」

「やっぱり私のせいで巻き込んじゃって……」

「そんなことない！　だからおぬしたちは何も悪くない」

「違うよ。わたしがそもそもここに来なかったら」

「はいそこまで」

パン、と手を叩《たた》いたのは里長《さとおさ》だった。

「お互い謝っていたらまとまりませんよ。ここは二人とも握手でいいのではないかしら」

里長の言う通りだ。お互いに心の中にしこりがあるから譲らない。お互い許しているのに、お互いが自分を許していないならいつまで経《た》っても仲直りしない。

「そうだな……ミル」

「うん」

ミルはクロと握手を交わした。相手を許すためじゃなくて、お互い自分を許すために。

「ありがとうクロ。でも私、これ以上、里にいたら迷惑かかっちゃうから今日、行くね。冒険もしたいし、王都にも帰らなくちゃ」

「そうか……」

クロのケモミミがしゅんと項垂《うなだ》れた。クロは冒険に行きたがっていた。けど掟《おきて》で外に出ていけないと言っていた。せっかくできた友達だけど、ここでお別れ――。

「あら？　クロも行けばよいではないですか」

「え……？　ですが里長、里の掟でわたしたちは外に行ってはいけないのでは？」

「あれは嘘《うそ》です」

「嘘⁉」

「正確には十年ほど前まではあったのですが、わたくしの代になってそんな慣習に意味はないと思って撤廃いたしました」

なんてにこやかに里長が言う。

「里長、でもなんで……？」

「昔の人が作った掟なんて今の人には関係ない、そうでしょう？」

と言って里長はミルへと微笑《ほほえ》みかけてきた。

「ではわたしはミルたちと一緒に行っても……？」

「離れ離れになるのは少し寂しいけど、もっとあなたには人間たちと触れ合って行ってほしい。あなたはどうしたい？」

「わたしは――」

ふぅー、と大きく息を吐きクロは言った。

「行ってみたい。外の世界に行って、いっぱいいろんなおいしいものを食べてみたい！」

「なら行ってらっしゃい。少しの間、寂しくなるけど、見聞を広めることはあなたにとってきっと益になるはず」

「里長……っ」

やはり少し心の残りがあるのだろう。行きたいと言っていたクロだけど、ケモミミがほんの少し垂れているように見えた。

「──ミル様、しばらくの間クロをお願いいたします」

とお辞儀されてしまった。

「はい！　よろしくクロ！　いっぱい一緒においしいもの食べよう！」

「……ああっ！　二人ともよろしく頼む！」

ピンとケモミミを立て、クロは決心したように顔をぬぐう。

「よ、よろしく……です」

おずおずと差し出したユーリアの手をクロはがっしりと摑《つか》み返した。

「よかった……あれ？」

ふと視線を落とす。左腕がリザードマンの皮膚のように鱗《うろこ》が這《は》っていた。目をごしごしとこすってからもう一回見てみると次の瞬間には消えていた。

（見間違い……かな？）

体に異常はない。気持ち悪くもない。頭に血が上ったから幻覚が見えたのかな。

と首を傾《かし》げていると里長が「さて」と声を上げる。

「ではまずは里に戻りましょうか。朝ごはんにしましょう」

「そうですね、里長（ぐー）二人もお腹《なか》が減っているでしょうし（ぐー）」

クロの腹の音だ。平静を装《よそお》っているものの、顔がみるみるうちに赤くなっていく。「き、気にしないでくれ」

「そうだね、クロもお腹減ってるし、へへっ」

まあいっか。たぶん見間違いだろう。

それよりまたあのごはんを食べられるのは嬉《うれ》しい。でもそれ以上に嬉しいのは——。

「な、なんだミル」

「えへへ、内緒っ」

また一人、友達と冒険できるってこと！

第四章　ここがちょっとした正念場です！

　玉座の間に魔王の深いため息が響き渡る。

「申し訳ございません！　吾輩《わがはい》も善処いたしましたが、ミル王女は書庫で見つけた魔導書から禁忌魔法を習得しており、吾輩の魔剣グラムが――」

　敗走したグルードが魔王の前に跪《ひざまず》いていた。その額からは汗が滝のように流れ出ている。グルードはこれまで失敗した者を散々見てきた。自らもその中に入るのではないか、その恐怖心があふれ出ていた。

「…………」

　玉座に腰かける魔王はじっと目を閉じ、グルードの報告に耳を傾けていた。

　やがて深くため息を吐《つ》くと、ゆっくりと口を開いた。

「空間を削り取る禁忌魔法とやらではなかったか？」

「……っ！　はいっ、あの魔法は一体……っ、ただ見ただけで体から恐怖の感情があふれ出て……っ」

「エクスティンクションゲート。――今から千年以上前、我ら魔族の敵対勢力であった竜人族の国を一瞬で消失させた魔法だ」

「……確か書物で目にしたことがあります。長きにわたる魔族と竜人族の争いがたった一つの魔法で終焉《しゅうえん》を迎えたという……それがあの魔法なのですか！」

グルードが声を荒らげる。

――千年以上前に栄華を誇った竜人族。今現在、その姿をほとんど見ない。絶滅したともいわれている。デーモン族の魔術師が放ったたった一つの魔法『エクスティンクションゲート』。文献ではそれにより消滅したと語られ、それ以上の情報を知る者はいない。

「剣一つを消す程度ならまだミルはその魔法の本当の力を引き出せておらんのだろう――だが、魔法を見ただけで恐怖を植え付けるその力は伝承通りだな」

「あの時感じた恐怖も魔法の効果、と？」

「……当時、竜人族を滅ぼした魔術師がその魔法を使うことで精神が崩壊したという。あれは空間だけでなく、心も食う魔法――我はそう解釈している」

「そのような魔法が小娘一人に――」

「だがいくら魔法が使えようと人間一人の魔力などたかが知れている。国一つを滅ぼすほどの魔法まで覚醒するとは思えん、が――」

ミルは女神の巫女《みこ》である。その力をただの人間と評するのはいささか早計であるともいえる。

（今はまだ、なんとも言えんな）

「魔王様、何卒《なにとぞ》、ご容赦を……っ」

深々と首を垂れるグルード。想定外の魔法があったとはいえ取り逃がしたことは事実だ。グルードのその姿からは何らかの処罰を受ける覚悟が見て取れる。

「よい、ミルの得た禁忌魔法がどれかわかっただけでも得るものはあった」

余裕とまではいかなくともグルードであれば捕らえられるとは思っていた。だが想定を超えていた。

（ミルに剣聖クローエルの剣技もあるとなると……並の戦力では返り討ちか……）

それにグルードは武闘派ではない。実力はあるもののどこか安全策に走ることが多く、仕事も部下に任せることが多い。他の四天王と違い、城で暇を持て余しているのがその証拠だ。

「他の四天王はみな出払っておるな？」

「はっ、北と西への遠征へ行っており、今呼び戻すと各地前線が……」

「わかっておる。代わりを用意しておいた――入れ」

入口の大扉に向かって魔王は声を上げる。すると低い音を立てて大扉が開く。

「お呼びでしょうか、魔王様」

扉から入って来たのは近衛《このえ》のグランと――。

「魔王様、ご命令でしょうか」

メイド服から打って変わってライトアーマーに身を包んだクローエルだった。

「グラン、クローエル。お前たちにミル王女の追跡の任を与える」

「はっお任せください、魔王様」

「了解いたしました」

二人はその場に跪き、胸に手を当てる。

「それとクローエル。しっかり捕らえろ。追跡であって捕縛ではない、とか後で言うでないぞ」

「かしこまりました。『ミル王女の追跡、および身柄の確保』でございますね」

「元はと言えばお前の責任、しっかり果たせ――グラン、お前も頼んだぞ」

「はっ、姉上共々、全力を尽くします」

ふぅ……と魔王は玉座にもたれかかった。

「あのじゃじゃ馬姫には心労が絶えんな――」

「お父様、昨日の件でお話が――」

玉座の間がゆっくりと開き、一人の魔族がクローエルの脇を抜けて入ってきた。

誰かと目を凝らさなくても魔王にはすぐにわかった。魔王の娘のマリーだ。

顔色を窺《うかが》うような怯《おび》えた表情をしていた。時期魔王候補としてやはりどこか威厳に欠けるものがある。

部下の失態で機嫌の悪い魔王は声を荒らげて言った。

「それは昨日済んだであろう。お前は魔王となる身。それを外の世界を見たいという曖昧な理由で冒険などに出せるわけがないであろう」

「しかし……っ」

訴えるような目に魔王は何一つ心は動かない。

「もうよい！　お前は然《しか》るべき時に外へ連れていく。その時には一人ではなく護衛も付ける。一人で冒険者まがいの行為をするなど断じてならん！」

「お父様……」

「実戦経験も知識もないお前にそもそも何ができる？　もう我の手を煩わすな。今は鍛錬に励め」

と言い捨てると、マリーはしゅんとして何も言わずに玉座の間を去った。

「グラン、クローエル。お前たちも行け、失敗は許さんぞ」

「「はっ」」

（いくら禁忌魔法があろうとも、実戦経験が違う。あの姉弟を退けるのは無理であろうな）

「……手を抜かんだろうな、クローエルの奴《やつ》は」

それだけが魔王の懸念《けねん》事項だった。

※

「お父様……やっぱり……」

玉座の間を抜けたマリーは一人扉にもたれかかって項垂《うなだ》れる。

箱入り。言ってしまえばそのままの意味だ。

いくら外に出たいと言っても自分が魔王の娘だから、それだけの理由で外に出してもらえない。

はぁ、とため息を吐いていると、廊下の端でリザードマンの兵二人が立ち話をしているのが目に入った。

「ガルーダってあれだろ。卵が珍味の」

「そうそう、最近も山から下りてきたらしく、うちのもんが何人かやられてる」

「討伐隊結成されっかもな」

「けど道中もヤバいぜ。なにせガルーダの巣は渓谷の谷間にあるし、途中の道もとても俺らみたいな空を飛べないやつがいけるとこじゃねぇ」

「飛べたとしてもガルーダに殺されるぜ。うちのデーモン族もやられてるらしい」

「やばいなぁ」

（ガルーダ？）

凶悪な魔怪鳥のことだ。書庫の本で読んだことがある。どうやら魔王軍の兵たちも困っているらしい。

（……実戦経験）

先ほどお父様が言っていたことだ。実戦経験も知識もない――それは言い換えればそれさえあれば認めてくれるということだ。

（そいつを倒した証拠として卵を持って帰ったら、お父様も見返してくれるかも……）

外に出たことがバレたら折檻《せっかん》じゃ済まないかもしれない。けど自分は強い、外でもやっていけるってことを示したい！

マリーはぐっと拳を握り締めた。

◇

城塞都市アルグラム。門を越えた大通りでミルは叫ぶと同時に地面にバタンと倒れこんだ。

「やっっっっっっっっと、着いたぁぁ〜」

「み、ミルさん。ここだと邪魔になりますよ」

「おおここが城塞都市か！　うまいもんあるかな！　おっ肉屋！」

「ああっ、クロさん勝手に行ったら迷子になりますよ！　ミルさんも立ってください〜」

クロの里から一週間くらいだろうか。森を抜け丘を越えた先には王都に負けず劣らずの都市が待っていた。

人口五万人を超える城塞都市アルグラムは巨大な城壁が街一つをぐるっと囲んでいる。

魔王城から比較的近い位置にあり、凶暴な魔物が周辺に生息していながらここまで発展したのはひとえにその強固な守りにあった。

街中には人間のみならず、クロのような獣人や他の種族と友好的な魔族などが行き交っている。

そんな街の人通りの多い大通りでは馬車がひっきりなしに行き交い、冒険者らしい恰好《かっこう》のパーティや大きなカバンを持った商人が歩いている。

横になって倒れるミルは周りから奇異な視線を向けられている。

「ミルさん、こっちです」

と服を持ってユーリアはミルをずるずると引きずる。

「埃《ほこり》っぽいね〜ここ」

「わたしはすごい人がいっぱいでさっきからドキドキです」

ユーリアはきょろきょろとしていて完全におのぼりさんだった。田舎の村で育ったから、こんな人の多いところは初めてだろう。

「魔族とか獣人とかいっぱいだね。王都じゃいろんな種族見られないよ」

「王都もこんな感じの街並みなんですか？」

「うん！　地面は石レンガで舗装されてるからあんま埃っぽくないけど、ここは土煙すごいね」

「そうですね――ってミルさん、早く行かないとクロさんが勝手に行っちゃいますよ」

気づけばクロは遠くの方で通りに面している食堂や酒場にふらふらと吸い寄せられてい

た。

「丁度いいからごはんにしよっか。おーいクロ～、待って～」

「あう、ミルさんも待ってくださ～い」

酒場の前でしっぽを振っているクロにミルたちは駆け寄っていく。

「おっミル。この酒場、うまそうな肉料理あるぞ！」

大通りに面した酒場は木造建築でしゃれた外観をしていた。外に出ている看板には冒険者ギルドと書かれていた。窓から中を窺《うかが》うと、ライトアーマーやローブ姿の神官、魔法使いなど冒険者が多く見られた。外のガラスケースにはここで売られている料理の模造品が置いてあった。確かにおいしそうだ。

「ここ、冒険者ギルドだよ。食べるところもあるけど」

ギルドには大抵冒険者専用の食堂が併設されていると聞いたことがある。ここもそうらしい。

「なんだ？　その冒険者ギルドって」

「ギルドが出してる依頼を受けたり、パーティを組んだりするところ。情報とかも集まるから冒険者になったら絶対一回は来るところ――って聞いたことある」

自分たちはもう冒険者だ。ここに入っても問題ない。

「お腹《なか》空いたし、ついでに依頼も受けよっか」

「肉！　肉！」

「は、初めてで緊張します……」

高鳴る胸の鼓動を抑えつつ、ミルたちは扉を開けた。

一歩踏み込むと同時に、冒険者たちの喧噪《けんそう》がミルたちの耳朶《じだ》を打った。

大通りとは比べ物にならないくらいの音圧にミルはついたじろいでしまう。近くのテーブル席では冒険者パーティがグラスを突き合わせ大笑いしていたり、店の奥の依頼掲示板では冒険者同士が依頼を取り合っているのか、胸倉を摑《つか》みあってケンカしていた。周りにはいかつい戦士の冒険者たちがそれを煽《あお》って賭けまでしている。

「おおっ！　肉の匂い！」

「わたしも初めてだから……とにかくカウンター行こっか——ユーリア？」

気づくとユーリアはミルの腕にがしっとしがみつき、目をうるうると涙でにじませていた。

「ちょ、ちょっと怖いです……」

「席空いてるぞ！　ユーリアも早く来い」

我先に行ってしまうクロに対し、ぷるぷると震えるユーリア。どうやら完全にギルドの雰囲気に呑《の》まれてしまっているようだ。

「そこのテーブル席に行こ。空いてるみたいだし」

「う、うん……」

ユーリアを連れ添って窓際《まどぎわ》のテーブル席に三人は座る。

「ようこそ冒険者ギルドへ。お食事ですか？」

エプロン姿の受付嬢が伝票を手にテーブル席にやってきた。

「おすすめの肉料理くれ！」

相変わらずクロは目が血走っている。

「あはは……肉料理もいいけど、お腹もたれちゃいそう。おすすめ料理ってあります
か？」

とミルが訊《たず》ねると、受付嬢はどこか困ったような顔をして、

「おすすめの卵料理はあるにはありますけど……」

「じゃあそれくれ！　卵料理！」

クロが耳をぴょこぴょこさせて食いつくも、

「しかしその場合、ガルーダの卵の納品をしていただく必要がございます——冒険者様た
ちはガルーダの卵はお持ちですか？」

「ない、な……もしかしてここの料理は全部、冒険者持ち込みなのか？」

「いえそうではございませんが、一部レア食材を使った料理は安定した供給が難しいので食材持ち込みもございます。歩合制でより多くお持ちいただけると、その分依頼料も弾みますよ」

にこっと笑って受付嬢は答える。なるほどこうして注文を取ることじゃなくて、依頼の斡旋《あっせん》がメインで近寄ってきたらしい。

「クロ、後でそれ受けてみようよ」

「いいぞ！　確かガルーダって里にいた頃聞いたことある。人を喰《く》う獰猛《どうもう》な鳥だったか？」

「依頼料も弾むと言った手前恐縮ですが……ガルーダの卵の納品依頼は高難易度です。ベテランの冒険者でも成功率はとても低いです」

と受付嬢が釘《くぎ》をさすように告げてきた。

なんとも好奇心を煽られる内容だ。今までの道中も確かに大変だったけど、英雄譚《たん》に出てくるような困難な敵や険しい道はなかった。

「冒険者してるって感じ！　ユーリアもいい、受けても!?」

ミルのわくわくは止まらない。

「おっかないですけど……ミルさんが行くなら……」

もじもじとしつつも頷《うなず》くユーリア。

「じゃあ後で受けてもいいですか？」

「え、それは構いませんけど、全く躊躇《ちゅうちょ》しませんね」

「とても楽しみですっ」

ミルにとっては初めてのギルド依頼。楽しみで仕方ない。

「他の冒険者ならたじろぐところなのに……まあそれはそれとして――お食事はどうなされます？　今ご注文できるものだと、タンゼルフィッシュのムニエルがおすすめですよ」

そうだ。話に夢中で忘れていた。今すぐにガルーダの卵料理を食べられないなら何か別のものを注文しないと。

「魚料理……食べたい、です」

もじもじと恥ずかしそうに呟《つぶや》くユーリア。ずっと森で山菜ばっかり食べてきたから魚料理を食べたい気持ちはミルも同じだ。

クロも唇の端から涎《よだれ》が垂れてきている。

「じゃあそれ三人前お願いできますか？」

「はい、少々お待ちください」

と受付嬢はカウンターへと戻っていく。

「楽しみだな、魚。キノコ以外食べるの一週間ぶりだ」

こくこくと隣でユーリアも頷いている。

「そうだね、楽しみ――ん？」

と楽しみに魚料理を待っていると周りからいろんな噂《うわさ》が聞こえてくる。

後ろのテーブル席にいた男二人の冒険者たちがこんな話をしていた。

「さっき魔族の情報屋に聞いたんだが、魔王城に囚《とら》われていた姫が脱走したらしいぞ」

「聞いた聞いた。なんでも拳だけで扉を破壊したとか。百体のオークを素手で倒したとか」

「その姫の噂、実は続きがあるんだがな……さっき行商人から聞いたんだが、村を襲ったドラゴンを笑いながら嬲《なぶ》り殺《ごろ》しにしたとか」

「おいおいその姫なにもんだ？」

「いたぶった後そのドラゴンをペットにしてたって話だ」

「マジかよ。人間じゃねぇな」

…………絶対自分の噂だ。

「……尾ひれ付いてますね」

ユーリアも聞こえていたみたいだ。ここでは王女であることを黙っていた方がよさそうだ。

その冒険者はさらに続けて、

「他にはなんかねぇのか」

「そういえば魔王城から魔王の娘もいなくなったって聞いたけど、それはなんか眉唾っぽかったな。多分、囚われてた姫と魔王の娘を混同した情報だと思うぜ」

「そもそも魔王に娘がいたのか。あの辺は魔物が強くて白金ランクの冒険者さえなかなか行かねぇからな」

「まあな、洞窟も遺跡もないし、リスクしかねぇしな。討伐依頼も出ねぇし」

「だな」

（魔王の娘……？）

確か一度だけ会った。マリー＝ガーランドという大鎌を使っていたデーモン族の子だ。

あの子が城出をしたというのはどういうことだろうか。

聞いてみたいけど、この二人の冒険者もそれほど知っているわけではなさそうだ。

「お待たせいたしました！　タンゼルフィッシュのムニエル三人前です！」

と両手にお皿を載せて受付嬢がやってきた。

目の前に置かれた魚料理から香ばしい匂いが立ち上り、鼻孔をくすぐる。

「おおっ！　いただきます！」

クロはさっそく箸で一摑《ひとつか》みし、口に運ぶ。

「うまーいっ！　こんな魚料理初めてだ！」

クロが料理を堪能《たんのう》していると、受付嬢が「ちなみに……」と声を上げる。

「このタンゼルフィッシュの素材採集依頼もギルドで出してますよ。そちらは釣りが得意であれば比較的、簡単な依頼で日銭稼ぎで受ける冒険者も多くておすすめです」

「へー」

タンゼルフィッシュの白身を口に放り込みつつ、ミルは受付嬢の話を聞いていた。

「その依頼では冒険者ランクの制限は――あっ、そういえば冒険者様たちの『ランク』はどれくらいでしょうか？」

「え？　ランク？」

「え？　ご存じないのですか？　失礼ですが、冒険者になってどれくらいでしょうか？」

そういえばさっき後ろの冒険者たちも『白金』ランクとか言っていた。冒険者のランクなんてものが存在するのか。

――これは雲行きが怪しくなってきた。

「要するにランク試験をクリアしないとガルーダの依頼は受けられないんだよな。くそー」

◇

「ランク試験日が今日でよかったですね、ミルさん」

試験場は大通りから少し歩いたところにあった。

四角い石造りの大きな建物で、中は兵士の訓練場を想起させるような広い空間が広がっていた。

天井が高く、石壁で囲まれており、どうやら魔法で壁を強化しているようだった。床には土が敷き詰められており、規則的に木製の訓練用の人形が置かれている。

「受けられてよかったけど、受かるかな……？」

周りを見ると、屈強な戦士や老練な魔法使いなど見た目がベテランの冒険者が何人もいた。ざっと数えて十数人くらいだろうか。

冒険者ギルドの受付嬢によると、冒険者のランクというのはその冒険者の強さを表しており、一定以上ないと受注できない依頼が存在するらしい。

ランクは七つあって一番上が白金らしいけど、とりあえずガルーダの卵の納品依頼を受けられたらいいので、詳しくは聞かなかった。

今回の試験に合格すると依頼を受けられるらしい。

「どんな試験……なんでしょうか。わたし、受かる気がしません……」

「パーティの中で一人でも受かればいいんだよな？　よし！　受かるぞ！」

クロがぐっと気合を入れ、ユーリアはミルの傍《そば》でびくびくしている。

とそこにギルドの制服に身を包んだ女性がやってきた。

「これより試験を始めます。試験内容は技能測定です。おのおの得意なスキル、魔法をあの訓練用の人形へと放ってください。あの人形には技を吸収するエンチャントがかけられており、その吸収量を元にこちらで合格の是非を決めます」

と説明するギルド職員の女性の隣には白いひげを蓄えた初老の神官がいた。その神官が一歩前に出た。

「わしは女神の神官に選ばれた者じゃ。試験は一人ずつ行い、直前にわし自ら能力を見る。それから実技に移る」

するとざわざわと周囲が騒ぎ出す。

「あれが選ばれた人間しかなれないっていう……」「前にあの神官に無能って烙印《らくいん》を押された冒険者は引退したって噂だぜ」「女神の神官の力は冒険者にとって絶対的な指針だか

らな……無能って言われたくねぇな」と周りから初老の神官に対して畏敬の念が向けられていた。

「ミルさん、女神の神官って……」

隣でユーリアが耳打ちをしてきた。同じく小声でミルは返事をする。

「わたしと同じ能力だね。あの人も女神の巫女《みこ》の力を持ってるみたい」

相手の能力を数値として見ることができる能力。あの神官もその力を持っているらしい。ならば公平に合格の是非を問えるだろう。

「おお、わかりやすくていいな。座学ならお手上げだった」

「わたしはちょっと心配です……周りの人強そうで……」

この二人なら落ちることはないと思うけど、確かにランク試験がどれくらい難しいのかミルにはわからない。

「よし、最初はオレだな」

意気揚々と斧《おの》を持った戦士風の冒険者が前に進んでいく。

「ふむ……よかろう」

と神官が冒険者へと手をかざし、力を見ていた。

（うぅ、見てみたいけど……）

ここでこっそり見たいけど、同じ女神の巫女の力を持つ人だと、こっちがウィンドウを開けているのがバレてしまう。

もしそこから王女であることがバレたらいろいろと面倒になる。

――でもこっそり見たいな、と欲に流されそうになっていると、

「うおおおっ！」

斧冒険者の咆哮《ほうこう》からの振り下ろしが訓練用の人形の肩を捉えた。普通の人形なら粉々になっていそうなほどの勢いだったが、ギィン！　と鈍い音と共に斧を弾《はじ》いた。

どうやら強烈な防御エンチャントがかけられているらしい。隣でユーリアが「確かに防御エンチャントかかってますね……」とユーリアが言った。ミルにはわからないが、同じ魔法使いならわかるのだろう。

「ふむ……悪くないがまだまだ実力が足らんのぉ」

「ちっ……硬すぎるぜじいさん」

「また鍛えなおして来るが良《い》い――次」

どうやら不合格らしい。あの感じだと弾かれたらアウト。せめて傷をつけるくらいでなければならなさそうだ。

「次は俺だ」

と次は大剣持ちの冒険者——だが斧冒険者と同じく弾かれ不合格になった。これは難しそうだ。

……それから何人か不合格が続き——。

「次——受験ナンバー18番の方~」

受付嬢が声を上げる。

「わ、わわわわたしです……」

さっきから小刻みに震えていたけど、ここにきてユーリアは顔が真っ青になっていた。

「ユーリアちゃんがんばって」

「がんばれユーリア」

ミルとクロが応援して背中を押すも、前に出ていく足がカチコチだ。

「あぅ」

と途中で何もないところでスッ転んでしまい、会場が軽く沸く。「はっはっはお嬢ちゃん大丈夫かい?」「今回の試験は止《や》めた方がいいんじゃないか」「魔法使いっぽいけど魔法使えるのか?」と冒険者たちのヤジが飛ぶ。

「ユーリアちゃん……大丈夫かな」

「うむ、緊張で手がブレなければいいが」

まるで子供を見守る保護者になった気分だ。

「ふむ……能力を見よう――ん⁉」

初老の神官はウィンドウを見て冷や汗をかいていた。二度、三度とユーリアの顔とウィンドウを見比べている。

「あ、あの……魔法、いいですか……？」

「の、能力が見えん……一体何レベルなんじゃ……？」

どうやらこの初老の神官の力ではユーリアの能力が見えなかったようだ。

独り言のように呟《つぶや》く神官に、「あの～」とユーリアは訊《たず》ねる。

「あ、ああ……では実技に移ってくれい」

魂が抜けたような神官の声。能力値が見られない周りの冒険者たちはニヤニヤとユーリアの様子を見ていた。

「い、行きます――」

息を整えたユーリアは両手を前に突き出す。両手の中から小さな火の玉が発生する。あまりにも小さな火の玉だ。それを見た周りの冒険者はゲラゲラと笑いこけていた。

「ぎゃはは！　ちっちぇな！　お手玉するかと思ったぜ！」「おいもう帰った方がいいんじゃないのか」「あんなんじゃ赤ちゃんも倒せねぇぜ！」

と馬鹿にする冒険者を横目にユーリアの魔力は加速していく――。

「……っておい、大きくなってねぇか？」

一人の冒険者が気づく。ユーリアの生成した火の玉は徐々に大きくなっていく。手のひらサイズから大玉サイズへ、さらに肥大化していき――。

「お、おい……なんだあの大きさ」「どこまでデカくなんだよ⁉」「おいおい！」

冒険者たちが騒《ざわ》めき出す。成人男性が見上げるくらいの大きさの火の玉がユーリアの目の前に生成されていた。

「フレアインパクト！」

発声と同時に火球が放たれる。灼熱《しゃくねつ》の火球が地面を溶かしながら突き進み――人形に直撃する。

耳をつんざくような轟音《ごうおん》と焼き尽くすような熱風が試験場全体を揺るがす。見物していた冒険者が何人か尻餅をついていた。

人形のいた場所には黒煙が上がっている。煙のせいで人形がどうなったかわからない。

やがて煙が引いていくと、人形が元いた場所には小さなクレーターができていた。炭すら残っていない。

「…………」「…………」「…………」

冒険者、神官、受付嬢までもが口をぽっかりと開けていた。ユーリアだけが「あのあの……壊しちゃってすみません」と平謝りし、

「あれでよかったんでしょうか……あんまり大きすぎると部屋壊しちゃいそうで……」

「あ、ええ……合格じゃ。うん」

「ありがとうございますっ、ミルさん！　や、やりました！」

ぴょんぴょんと飛び跳ねるユーリア。嬉《うれ》しそうでなによりだ。

「つ、次……」

受付嬢が予備の人形をクレーターの真ん中に置き、次の冒険者が呼ばれる。

「あっ、私だ」

受験ナンバー19番はミルだ。クロと合わせて三人同時に申し込んだので順番になるのは当たり前だった。

前に進みユーリアとすれ違いざま「がんばってください」と囁《ささや》かれたのはちょっと嬉しかった。

「よろしくお願いします」

と深々とミルは神官にお辞儀。神官はこほんと咳払《せきばら》いをし、

「ではまずは能力を――んん!?」

目を見開きながら神官がウィンドウを見ていた。「お、おぬしたち何者……？」

「始めてもいいですか？」

「あ、ああ……ほどほどに頼むぞい」

神官の様子を見たのか後ろの方で冒険者たちもざわざわと騒いでいた。

よーしっ、と気合を入れる。ユーリアが合格したしここは負けられない。いろんな魔法があるけど、測定されることを考えたらここは――。

ミルは片手を突き出し、

「グラビティゲート！」

訓練用の人形周辺の重力を操作する魔法。強力な重力を受けた人形はバキバキと音を立てて粉々につぶれる。

「なんだよこの魔法見たことねぇ！」「本当に吸収のエンチャントかかってんのか？」「地面まで潰れてねぇか……？」

人形周辺の地面に亀裂が入り、石壁の一部が崩落する。

「うわぁ！　やべぇ！」「こんなヤバい奴《やつ》がまだノーランクなのかよ！」

「ま、待つのじゃ！　そこまで！　合格、合格じゃ！」

神官の制止が聞こえ、ミルは魔法を中断する。人形は跡形なく重力に押しつぶされ、地面のあちこちにヒビが入った。

「合格⁉　やった！　ユーリアちゃん、クロ！　やったよ！」

遠くでユーリアたちもぴょんぴょん跳ねて喜んでいた。

「最近ギルドで聞いたけどよ、魔王城を抜け出した聖アーフィル王国の姫さんの話」「城を破壊して抜け出したとかなんとか」「いやまさか……まさかな……」

他の冒険者たちはミルを怪訝《けげん》な目で見ていた。ちょっと目立ちすぎたかもしれない。

「つ、次の方どうぞ～」

受付嬢が震える声で次を呼ぶ。確か次は――。

「うむ、わたしだな。さっくり合格してくるか」

「がんばってクロ！」「クロさん、がんばってください……！」

「ちょ、ちょっと待つのじゃ！　まさか二人のパーティ……か？」

ミルたちの仲間だとわかった神官が止めに入る。

「おう、わたしは剣だ。ばらばらに切り刻んでもいいよな？」

「ひ、ひえぇ～」

――その後、クロも合格を決め、三人ともランク試験はあっさりと合格した。

試験会場の外に出て三人で円陣を組む。

「よーし、みんな！　ガルーダの巣に行くぞーっ、えいえい」

「「「おーっ」」」

ミルの号令によりパーティ初のギルド依頼を開始したのだった。

◇

魔怪鳥ガルーダの巣は城塞都市北部にそびえる山岳地帯の渓谷にあるらしい。

受付嬢が言っていた通りだ。険しい道――というより道らしい道が存在しない。岩山を飛び移ったり、壁に張り付いて細い道を渡ったり――とにかく一歩間違えると滑落事故を起こすような場所ばかりだった。

「はぁはぁ……思った以上に辛《つら》いね……はぁはぁ」

「……でも、人を喰《く》う岩は出て来ませんね……はぁはぁ」

木々一本も生えない砂利道。辺りには岩がごろごろしている。背後は崖になっており、眼下には森林地帯が広がっている。一歩足を滑らすと、命はないだろう。

「誇張だったのかもな。うぅ腹が減った。ミル、そろそろ飯に――うん？」

クロが何かを蹴飛ばしたようだ。からからと地面を転がる丸いそれは――頭蓋骨だった。

「ひ、ひぇ……遭難者でしょうか」

「っ――みんな、なにかくるよ！」

岩肌の一部がひとりでに動き出し、大きな目と口が現れた。

「あっ人面岩？　もしかしてこれが人喰《ひとく》い岩なの？」

岩に擬態した魔物だ。魔王城の書庫にあった図鑑で見たことがある。ロックゴーレムだ。

丸い岩に巨大な顔、さらに手と足らしきものが現れた。

もっと人型かと思ったけど、体は意外とまん丸としていて、本当に丸い岩に顔と手足が生えただけに見える。

「丸々してかわいいぃ～体削ってスマートなゴーレムにしたいぁ」

「おいミル！　こいつは何人もの人間を喰った魔物だぞ。あまり油断するな」

「う、うんごめんごめん」

確かに油断しちゃいけない。足場も悪いし落ちたらひとたまりもない。

ミルとクロは剣を抜く。だがここは――。

「みんな足場に気を付けて、あんまり動くと落ちちゃう」

崖際だ。足場も狭くロックゴーレムの攻撃を避《よ》けるだけでも転落してしまう可能性がある。

ロックゴーレムが腕を振り下ろす。巨大な腕が地面の一部をえぐり取った。攻撃を避け続けてもいずれ足場が崩れてしまいそうだ。

「ミル！　どうするんだ⁉　足場が持たないぞ！」

自分が習得した魔法で使えそうなものはあっただろうか。エクスティンクションゲートは間違って足場まで削りかねないし、毒とか効かなそうだし、爆発とか論外だし……。

もしかしたらユーリアなら――。

「ユーリアちゃん！　ここの土を使った魔法使える⁉」

「え？　できると思いますけど、どうするんですか？」

「じゃあロックゴーレムの背中の壁を操作して崖下に落とすことってできる？」

「っ、やってみます！」

ロックゴーレムと正面から対峙《たいじ》するユーリア。ユーリアの背後は崖だ。

その間にミルたちは壁際《かべぎわ》に退避する。

「岩肌がいっぱいあるならいけるはず、ですっ。ロッククリエイト！」

「オオォ！」

ロックゴーレムの背面にあった岩壁が突然突き出てきた。土の魔法でロックゴーレムの背後の岩を操作したのだろう。

そのままロックゴーレムは岩の壁に押されていく。「あわわっ」とユーリアが慌ててミルたちの方へ逃げる。

「オオォォォォ………」

岩の壁に押し出されたロックゴーレムはそのまま崖下まで落ちて行った。

「やった！　ユーリアすごい！」

「う、うまくいきました～はぁ～」

大きくため息を吐《っ》くユーリア。

「すごいな、これが魔法か！」

魔法が使えないクロは「ほぉ」と感心して、

「じゃあこの魔法を足場にしたら早く上にたどり着けそうだな」

「おおっ、いいね！」

「や、やってみます！」

土、石が多いところでは土の魔法は効果が強くなるらしい。水が多いところでは水の魔法、風が強いところでは風の魔法が強くなるとユーリアは言った。

ここは岩しかないから土の操作は楽にできるらしい。それを抜きにしてもやっぱりユーリアは魔法の天才だと思う。

上りやすいように階段状にして山を登っていくと、少し開けた場所に出た。中央に大岩がある平たい地形だ。休むには丁度いいかもしれない。

「ふぅ、はぁ……ちょ、ちょっと疲れました～」

すとんとユーリアは大岩にもたれかかるようにしてダウンしてしまった。

「お疲れ、ユーリア。そろそろ休憩しよう～」

「そうだな丁度この岩陰が――ん……おい二人とも！　誰か倒れてるぞ！」

ぴょんと岩の上に乗ったクロが岩の向こう側を見てそう叫ぶと、飛び降りて岩の向こう側に行ってしまった。

「え？　人？　待ってクロ」

冒険者だろうか。だとしたら助けてあげないと。

ミルは岩を迂回《うかい》していく。

岩陰に誰かがうつ伏せで倒れていた。先に駆け寄っていたクロが抱え起こそうとしていた。ミルも近寄ると、その人は人間の冒険者ではなかった。

頭に二本の角が生え、背中には黒い翼が生えている種族――デーモン族だ。ライトアーマーに身を包んだ細身の女性だった。色白い肌に整った顔立ち――あれ？

「魔族……？　あれこの人」

体力が尽きてやつれているが、この顔には見覚えがある。彼女の近くには人の体ほどの大鎌が落ちていた。やっぱりこの人は魔王の娘——確かマリー＝ガーランドだ。

腕や足に擦過傷やら切り傷やらが見受けられる。鎧《よろい》も汚れていることから長い間歩いてきて、ここで力尽きたのだろう。意識はあるようだが、時折「うぅ……」と唸《うな》っていて苦しそうだ。

「ひぃはぁ……ミルさん〜、クロさん〜」

後から追いついたユーリアが傍《そば》に来てばたりと倒れてしまった。こっちも体力の限界だ。

「おいミルどうする？」

「とりあえず魔法かけてみるね」

治癒魔法ヒールをかけてみる。みるみるうちに体中の傷は癒えてゆき、顔色もよくなっていった。

「水だ。飲め」

クロは自身の水袋の蓋を開け、マリーの口に運ぶ。特に抵抗せずにマリーはごくごくと水を飲む。

「う……うぅん」

虚《うつ》ろながらもゆっくりとマリーは瞼《まぶた》を開いていく。

「大丈夫？　マリーちゃん」

「あ……あれ？　あたし……どうして」

虚ろなままゆっくりと覚醒していくマリー。

「倒れてたんだよ？　覚えてる？」

「倒れて……うぅん──あなたは……はっ」

ミルの顔を見たマリーははっきりと覚醒し、すぐにその場を飛び退《の》いた。

「なぜあなたがここにいるのよ⁉」

「それはこっちのセリフだよ。ここ魔王城から散歩に来るような距離じゃないよ？」

「あ、あたしは……」

とマリーは隣のクロと倒れているユーリアを見比べて、

「もしかしてあたしを助けてくれたのか……？」

「傷だらけで喉も渇いてたみたいだったし──あっよかったら食べ物もあるよ。非常食だけど」

と会話を続けるミルの肩をとんとんとクロが叩《たた》いてきた。

「ミル、知り合いか？」

「えっと……彼女は魔王の娘で城にいた時にちょっと、ね」

「魔王の娘なのか⁉」

クロは目を見開いてマリーを見る。マリーは髪を払って、

「あなた獣人の里の人ね。なら覚えておきなさい。あたしはマリー＝ガーランド。偉大なる父アルヴァン＝ガーランドの娘よ」

どこか偉そうに胸を張っている。うーん、自分の貧相な胸と違ってマリーはなかなか立派なものを持っている。

クロはその場に座りなおし、

「これは失礼した。わたしはクロという名だ。よろしく頼む」

「あ、私はミル＝アーフィリアって言って、聖アーフィル王国の――」

「あなたは知ってるって」

言い切る前に言われてしまった。「そういえば自己紹介してないなって思って」えへへ、とミルは後ろ頭を掻《か》く。

「その……ありがと」

「え？　なんでお礼？」

「水！　くれたでしょ。魔族は借りを作らないわ。絶対に返す」

ふん、と恥ずかしそうにマリーはそっぽを向く。なんだかかわいいと思ってしまう。

「うぅ……ミルさん、水……」

「あっしまった、ユーリア大丈夫か！」

と完全に忘れていたユーリアをクロは駆け寄って介抱する。

「あなた……仲間増えたのね」

「うん！　あの倒れてる子はユーリア。すっごい魔法使いなんだよ！」

クロが岩陰にユーリアを運ぼうとずるずると引きずっていた。「も、もっと優しく……」

とユーリアが引きずられながら呻《うめ》いていた。

「すっごいって……抽象的ね。でも……旅は順調なんだ」

「順調だよ。ってあれ？　そういえばなんでマリーちゃんはここにいるの？」

「気安くマリーちゃんって呼ばないで――別にちょっと用事よ。あなたたちこそなんでこんなところにいるのよ」

「ギルドの依頼でガルーダの卵を取りに行くのがあって、持ってきたら卵料理を作ってくれるっていうから――」

「ガルーダの卵⁉　あなたたちもガルーダの卵を狙ってるの？」

「え？　マリーちゃんも？」

「だから気安く呼ばないで」

「じゃあ一緒に探そうよ！」

ミルはマリーの手をガシッと摑《つか》む。

「なんでそうなるのよ」

「だって同じ卵ハンターだし、協力した方が探しやすいよ。それにこれからごはんにするつもりだけど、一緒にどう？」

うっ、とマリーの顔が引きつると同時に彼女のお腹《なか》がぐ～となった。すぐ隣ではクロが四次元バッグから鍋を取り出して料理の準備をしていた。

「し、仕方ないわね。助けてくれたお礼に協力してあげる」

「助けてもらったのに態度大きいな」

「うるさいわね」

クロのツッコミにマリーが睨《にら》みつける。

「やったー、じゃあ一緒に食べよ？　食材もいっぱいあるからスープ一緒に飲もう？」

スープと聞いてごくりとマリーが喉を鳴らしたのをミルは見逃さなかった。

それからしばらく休憩して山登りを開始すると、崖っぷちに出た。崖から下の方を覗《のぞ》くと川が流れていた。

「渓谷というより峡谷だな……」

クロが震えた声でこっそりと崖から下を覗いていた。

「情報によると卵はここね。ほら、あそこ」

マリーが指を差す。崖の中腹辺りの狭い足場にガルーダの巣があった。普通の鳥の巣の何倍もある巣だ。その大きさからガルーダ自体の大きさも想像に難《かた》くない。

「そういえばマリーちゃんはなんで卵を狙ってるの？」

「話す義理はない」

ツンとそっぽを向いてしまうマリー。そんなツンツンしている姿もどこかカワイイ。

「さっきおいしそうにスープ飲んでたよね？」

「う……」

「まだお代わりあるんだけどなぁ」

「それよりあなたたち、どうやって取りに下りるつもり？　崖伝いに行くの？」

マリーの言う通り、ガルーダの巣は絶壁の途中の足場にある。取るためにはロッククライミングをして崖を下りなければならない。その上、卵を抱えて崖を登らなければならない。しかも渓谷には強風が吹いているようだ。覗き込むと時折、顔に風が当たる。

「どうしようかな……？」

「崖を下りて行くしかないだろうな」

「わ、わたしは無理……です」

ミルたちが崖から巣を見下ろし、うーんと唸る。

「ふふん、あなたたちはそこで指を咥《くわ》えて見てなさい」

とマリーが得意げに言うと、ふわっと崖から飛び降りた。

「ええっ！　マリーちゃん！　――あれ？」

そのまま重力の支配を受け渓谷の底に落下していく――と思ったのに、マリーは眼前でふわふわと浮いていた。当然、マリーの真下には足場などない。

「翼があればこれくらい楽勝よ」

マリーの背中の翼がバサバサと羽ばたいていた。そうだった、デーモン族は翼があるんだった。

そのままマリーはガルーダの巣に向かって滑空していく。渓谷には強風が吹いているのに、それをものともせず飛んでいる。

やがて苦もせず巣に近づくと卵を両腕で抱え、こちらに戻ってきた。

「まだまだあるみたい」

卵を脇で抱え、ふっ、とマリーは髪を手で払う。

「すごーいっ！　じゃあわたしたちの分もお願い！」

「これで貸し借りなしよ」

マリーの労力ならそれほど辛《つら》くないだろう。あと数往復くらい余裕そうだ。危険な崖を下りて行くのを避けるためにもマリーには行ってきてほしい。

「どれくらいいるの？」

「三回！」

「待ってて。行って来るから」

「ありがとう！　帰ったら一緒に卵料理食べよ！」

「仕方ないわね。一緒に食べてあげる」

再び滑空していくマリー。これならものの数分で集まりそうだ。

「それにしても楽勝ね。軍の奴《やつ》ら、なんでこんなミッションが難しいなんて――」

「クケェェェェエッ！」

空に轟《とどろ》くような甲高い鳴き声が聞こえてきた。

もしかして——と声の主へと視線を送ると、渓谷の奥から巨大な怪鳥がマリー目掛けて飛んでいく。あれが魔怪鳥ガルーダかもしれない。人間なんて一口で食べてしまうくらいに巨体だ。

「親か!? おいマリーが危ないぞ!」

「マリーちゃん逃げて!」

「え……きゃっ!」

ガルーダの翼をもろに体で受けたマリーは崖に叩き付けられていた。

「どうしよう!」

「わ、わたしに任せてください! エアロガーデン!」

ユーリアが両腕を突き出すと、渓谷を貫くような突風が吹きだした。

「クケェッ!」

風に巻かれたガルーダが体の制御を失ってそのまま岩盤へと直撃する。

「マリーちゃん! 大丈夫!?」

その隙にマリーは脇に一つずつ卵を抱えてこちらに戻ってくる。

「ありがと、問題なしよ」

ガルーダが奇声を上げて崖上のミルたち目掛けて羽ばたいた。

「クケェ！」とガルーダの口から稲妻がほとばしった。放たれた稲妻はミルたちの足元の地面を無差別にえぐりとっていく。

「ま、マジックバリア！」

ユーリアが慌てたように魔法を唱える。すると薄い半透明のドームに三人が包まれた。

マジックバリアは魔法攻撃をシャットアウトする魔法の壁だ。確かかしこさの高さによって壁の威力も上がる。

雷が効かないと悟ったのか、ガルーダは両翼を勢いよく羽ばたき出した。強風を巻き起こして吹き飛ばす気だろうか——。

「危ないっ」

「え——きゃっ」

突如クロが庇《かば》うようにユーリアに飛びついてきた。と同時にユーリアが元いた地面に大きな亀裂が走る。かまいたちだ。ガルーダのスキルなのか、羽ばたきによって見えない斬撃を生み出したらしい。

「あ、ありがとうございます」

「あいつのかまいたちは任せろ。あたしなら察知できる」

獣人族だからだろうか。ミルにはガルーダの攻撃がわからなかった。

確かにギルドの人が注意するくらい強い。だからこそミルは思ってしまう――。

「よし！　あたしが後ろから――」

マリーは臨戦態勢になって大鎌を構える。

「待ってマリーちゃん！」

「なに？　早くしないとバリアが破れるわよ！」

マリーが声を荒らげる。

確かにその通りだ。ユーリアのバリアが破れるとこっちの身が危ない。けどここは譲れない。マリーに倒される前にやりたいことがある。

「あのもふもふした羽毛触ってみたい！　できたら首輪をつけてペットに！」

――あの強いガルーダをペットにしたい！

ミルの渾身《こんしん》の一言にマリーは「……斬るわね」と一蹴。

奇声を上げて目の前に飛来したガルーダにマリーが大鎌を振るう。

「デスサイズ！」

暗黒の刃がガルーダの体に直撃する。「グケェッ！」と絞り出すような声を上げた。効いているようだ。

「おおっ、やるな！　……ん？　おいみんなまだ何か来るぞ！」

クロがあさっての方角を指さした。渓谷の向こうからもう一羽《わ》ガルーダがこちらに向かって飛んできた。敵意をむき出しているのが手に取るようにわかる。おそらく今戦っているこのガルーダのつがいだ。

「あわわわ……父親でしょうか母親でしょうか……」

ガルーダたちは二羽とも上空からかまいたちを飛ばしてきた。ユーリアのマジックバリアで防いでいるものの――。

「も、持ちません～」

ドーム状のバリアにヒビが入ってきた。壊れるのも時間の問題だ。

空中戦ができるマリーも鎌を振るって応戦するも二羽の連携の前になすすべがなかった。

「あたしも一人じゃ――きゃっ！」

かまいたちがマリーの肌をかすめる。致命傷ではないようだが、一瞬ふらついたマリーをガルーダたちは見逃さなかった。

「クケケェェ！」

かまいたちの攻撃がマリーへと集中する。

「……マリーちゃん！」

じっとしていられず、ミルはドーム状のバリアから外に出る。

「ミルさん危ないです！」

「かわいそうだけど……マリーちゃんを傷つけさせるわけにはいかないから――ブラストエンド！」

「グケェ！」

ガルーダの眼前で何度も爆発が巻き起こる。

局地爆発魔法。マリーを攻撃しようと近寄ってきたおかげで射程範囲に入ってくれた。爆発魔法は土砂崩れの危険があるから怖いけれど、空中に撃つくらいなら問題ない。

「ケェエ！」たまらなくなったのか、ガルーダたちは弱々しい声を上げながら、一目散にその場から逃げるように去って行った。

「あ～あ、行っちゃった～。ばいばーい！」

空の彼方《かなた》に向かって飛んでいくガルーダにミルはぶんぶんと手を振る。

「……助かったわミル、ありがとう――でもあんた、ペットにしたがってたのに、逃がしちゃってよかったの？」

「いいんだよ。ペットのことよりマリーちゃんの方が大事だもん。無事でよかった～」

マリーのケガは大したことがないようでよかった。ミルがホッと胸を撫《な》で下ろしていると、マリーは「っ」と面を喰《く》らったように目を見開いてから「そう」と恥ずかしそうに目を逸《そ》らした。

ユーリアとクロはちょっと離れたところから二人をにまにまと見つめていた。

「ラブな雰囲気を感じますね～」

「ふむ、照れているように見えるな」

「あんたたち、うるさいわよ」

マリーがユーリアたちをきっと睨《にら》みつけていた。

「ん？　マリーちゃん、どうしたの？」

やっぱりさっきガルーダから受けた傷が大きかったのだろうか。マリーの顔が赤くなっていた。

「なんでもないわよ――ちょっとだけクローエルがあなたを気に入ってる理由がわかったかも」

「え？」

「じゃああと二個取って来るわね」

と再び崖を飛んで行ってしまった。

なんでクローエルの話になるんだろう。ミルの中で疑問が浮かんでしまった。

◇

「いただきまーす！」

城塞都市アルグラムの冒険者ギルド。相も変わらず騒がしい店内でミルたちはテーブル席について両手を合わせていた。

テーブルには四人分の極上卵料理——ガルーダのエッグベネディクトが並べられていた。カリカリに焼けたハムとベーコン、そしてとろけるようなガルーダの卵の芳醇《ほうじゅん》な香りがこちらの鼻孔をくすぐってくる。

そんなテーブルの様子を周りにいた冒険者たちは羨ましそうに眺めていた。「あのガルーダをやったのか……」「あんな幼い子たちが？　嘘《うそ》だろ」とざわついていた。どうやらギルドでも噂《うわさ》になるくらいの難易度だったらしい。確かにちょっとだけ苦戦した。

マフィンと絡《から》まったとろとろ卵をフォークで掬《すく》い、一口食べる。

「ん〜〜〜〜〜」

ほっぺたが幸せになるくらい甘い。声を出す余裕がなくてミルは二口目も食べてしまう。

それから手が止まらない。向かいに座るマリーなんかは口元に卵がべっとりついているのに、拭わずに次々口に放り込んでいる。

それから十分も経《た》たずに完食し、ミルたち四人は天井を見上げて余韻に浸った。

「おいしかった……ですぅ」

「こんなうまい料理、里では食べたことなかったぞ」

「私も王都でいろいろ食べたけど、ここまではなかったかも──マリーちゃんは？」

「もう一個取っとけばよかったわね、ホント」

四人ともだらしなく表情が歪《ゆが》んでしまっている。今日一日はこの余韻に浸っていたい。

「そういえばマリーちゃん、余分に一個取ってなかった？」

マリーは五人分取っていた。実はまだマリーの荷物にはガルーダの卵が残っている。

「これは……お父様用だから」

少し言いづらそうにマリーは目を背けていた。

「お父様用？」

ミルが首を傾《かし》げると、マリーは「うん……」と目を伏せ、

「あたし、お父様とケンカして城出て来ちゃったのよね」

「ケンカしてたの⁉　どうして？」

マリーのお父様というと、ミルをさらったあの魔王だ。紳士的な印象の落ち着いた魔王

だった。意外と親子仲は良くないのだろうか。

「……お父様があたしを旅に出させてくれないから」

マリーは皿の上のフォークを指でいじりながら、そう呟《つぶや》いた。

「旅⁉　マリーちゃん、冒険者になりたかったの⁉」

そういえば城の入口で初めてマリーと出会った時、冒険に興味をもっている感じだった。

やっぱり冒険がしたかったのだろう。

「そこ食いつくところ？　――別に冒険者に限定はしないけど、同じ姫のあなたとあたしを比べちゃったの。正直ちょっと羨ましかったわ」

マリーは羨ましかったと言う。それは魔王城の城門で会った時に思ったのだろうか。

「それで出て来ちゃったの？」

「別に頭に来て城出したわけじゃないけど、ガルーダって魔王軍でも話題になってたの。被害も出てるし。あたしお父様から実戦経験がないって言われたから、それで……」

父を見返したい――その一心であの山に来ていたのか。それで途中で力尽き倒れていたところにミルたちが通りかかったということらしい。

「その気持ちわかるぞ」

腕を組みクロがうんうんと頷《うなず》いていた。

「わたしもな、里長《さとおさ》を見返したくて剣の腕をずっと磨いていたからな。まあ子供の頃の話だが」

「実力を見せたいとかそういうのじゃないんだけどね。あたしはただ見てもないのに、否定から入るお父様が嫌いなだけ。そこさえなければお父様のことは別に――」

「好きなんだ」

ミルの一言に、「そ、そうじゃなくて」とマリーが顔を真っ赤にして、

「あたしのことを魔王の跡継ぎってしか見てなくて、それが嫌ってだけ！　あなたも同じ立場ならわかるでしょ？」

「私は……」

言われて少し考える。

女神の巫女《みこ》って肩書がなければ、毎日のように冒険者を見るという仕事はなかったかもしれない。父上が褒める内容は基本、女神の瞳と女神の祝福を使って冒険者を見たことについてだ。

愛されてない――とは思ってない。父上のことも嫌いじゃない。むしろ優しい、けど。

「私は見返したいとかないかな。むしろ問題は私の方にあったから」

「そうなの？」

「父上とはそういう話、しなかったから。姫だから冒険者にはなれないんだって諦めてた。そんな欲を出すのは姫らしくないって」

いつも空ばかり見上げてた気がする。毎日、外の世界のいろんなことを妄想するだけで満足だったけど、あの日魔王が部屋に来て世界が変わった。

「あたしとは違うけど、人間も同じような悩みはあるのね」

「私、魔王城に来てよかったよ。魔族って意外とみんな優しいし——ちょっと嫌な子もいるけど人間と同じなんだってわかってよかった」

だから余計に思ってしまう。

自分の世界を変えてくれたあの魔王とマリーがケンカしているのは、他人事《ひとごと》ではなかった。できれば仲直りしてほしい。

「あたしはまだあなたのこと信用してない」

ツンと唇を尖《とが》らせるマリー。なんだかショックだ。「でも」と続けて、

「悪い奴《やつ》じゃない……とは思う」

「マリーちゃん……っ！」

「なに、目キラキラさせてんの。別に褒めてないし。クローエルだってあなたのこと気に入ってるからちょっと興味持っただけ」

「クローエルさん？　そうだった、最後お礼言えなかったな。いろいろ教えてもらったのに――ってマリーちゃん？」

なぜか怖いくらいマリーが驚いたように目を見開いていた。

「そうだった……そのクローエルがあなたを――」

「捜しましたよ。ミル様」

テーブルの脇――すぐ隣から静かにその声は響いた。

軽装に身を包んだ男女の魔族――クローエルとグランがそこに立っていた。

「クローエルさん!?　それにグランさんも。え、ど、どうして？」

ミルが驚いていると、クローエルがマリーに視線を向けた。

「マリー様もいらっしゃっていたのですね。魔王様が心配しておりますよ」

魔王城にいた時とまるで雰囲気が違う。玉座の間で会ったグランも怜悧《れいり》な目をこちらに向けている。

ガタッと音を立てて、マリーが慌てて立ち上がる。

「お父様の命令でしょ？　あたしも連れ帰れって言われたの？」

「マリー様も知っての通り、私に下された命令は――」

初めて見るクローエルの冷たい目。それがミルへと向く。

「『ミル王女の追跡、および身柄の確保』でございます」

「クローエルさん――」

「覚悟を」

とクローエルの手が剣の柄《つか》へと伸び――。

銀色の刀身がテーブルと大通りに面した壁を一刀両断する。激しい音を立て、吹き飛ばされた壁の残骸が大通りまで吹き飛び。同時にギルド周辺は阿鼻叫喚《あびきょうかん》の巷《ちまた》と化した。

ミルたちはとっさに飛び退《の》いて避《よ》けたが、そのまま椅子に座っていたら間違いなく、今大通りに転がる瓦礫《がれき》と同じ末路をたどっていただろう。

「クローエルさん！　どうして⁉」

「魔王様の命令は絶対です」

続けて抜いた剣を収め、抜刀体勢に入るクローエル。

狭いギルド内で乱闘になったら他にケガ人が出てもおかしくない。ミルたちは目を見合わせ、クローエルが開けた穴から外に飛び出した。通行人たちが多い。ミルたちから大きく離れているものの、周囲を取り囲むようにこちらを窺《うかが》っている。

「それとマリー様の保護も以前からの命令ですので、大人しく城に戻ってもらいます」

「やっぱり連れ戻しに来たんじゃない！」

「当然です。マリー様は魔王の娘。こんなところにいていい身分ではございません」

大通りに響き渡る声量だったから、「おい……今、魔王の娘って……」「聞き間違いだよな」「いやでもあのねーちゃんたち高位魔族だぞ」と周囲の人たちが騒《ざわ》めき立っていた。

「姉さん、あまり騒ぎを起こすのは……」

グランがクローエルの手を摑《つか》んで制止するも、

「『穏便に済ませろ』とは命令を受けておりませんよ。グラン、あなたも本気でやりなさい——死にますよ」

グランの手を振り払ってクローエルも大通りに出てくる。

「そういう意味じゃないのだが——確かに……加減していたらこちらの首が取られそうだ」

グランは腰から細身の剣を抜き放ち前に出てくる。

戦うしかないのか。クローエルは本気だ。周りにどんな被害が出ようとも、是が非でも命令に従う冷徹さが感じられる。

ミルは魔剣ラグナロクに手を伸ばし、抜き放つ。

「ミル……クローエルと本当にやる気？」

耳元でマリーが囁《ささや》いてくる。ミルはこくりと頷く。

「うん……！　こんなところで旅は終えられないから！」

「クローエルは魔将軍の候補に上がってた魔族よ。本気を出したら都市一つくらい簡単に滅ぼせる力を持ってる。あなたがいくら強くても勝てないわ」

「強いのは知ってるよ……でもやっと旅に出て、ユーリアちゃんにクロ……それにマリーちゃんとも出会ったのに、こんなところで止《や》めたくない！」

「あなたって子は……」

「マリーちゃんは逃げていいよ。ここは私たちだけでいい」

クロもユーリアも臨戦態勢だ。

マリーは半ば呆《あき》れたようにため息を吐《つ》きながらも、大鎌を手に取った。

「何言ってるの。あたしも戦うわよ。まだ恩は返せてないから」

「マリーちゃん……」

「でもこれが終わったらそのマリーちゃんってのは止めてよね」

「うん！　わかったマリーちゃん！」

「わかってて言ってるよね？」

手助けしてくれるのはとても嬉《うれ》しい。後はなるべく周りに被害が出ないように戦わないといけない。

「話は終わりましたか？　ミル様」

ゆっくりとクローエルは抜刀体勢を取る。魔王城の訓練場で教えてもらったあの技だ。

「うん……クローエルさんには帰ってもらうから！」

ミルも同じく抜刀体勢を取る。

同時に銀閃《ぎんせん》が煌《きら》めく！

「「魔の一閃《いっせん》！」」

黒い刃が両者の剣から放たれる。ぶつかり合う剣戟《けんげき》と金切り音に周囲からより一層、悲鳴が飛び交う。

「え……！」

ミルが放った黒い刃がいともたやすく弾《はじ》かれた。勢いそのまま襲い来る黒い刃をとっさにミルは剣で受け止め、弾き飛ばす。

「……なんで⁉」

「同じ技でも最近覚えたミル様とは練度が違いますよ」

また同じ構えをするクローエル。

「スレイブチェーン！」

対象を拘束する禁忌魔法だ。宙に浮いた黒い球体からいくつもの鎖を発生させるも、クローエルにあっさりと全て斬り払われた。

さっきのぶつかり合いを見た大通りの人たちはみんな巻き込まれるのを怖《おそ》れたのか、蜘《く》蛛《も》の子を散らすように周囲から去っていく。

その方が周りを巻き込まなくて済む。あとはどうやって二人を止めるかだ。

「ウィンドブラスト！」

クローエル目掛けてユーリアが風を圧縮した球体を放つ。

しかし間に割って入ったグランにあっさりと斬り払われる。

「姉さんは王女を――」

「やあっ！」

一瞬の隙を突き、クロが詰め寄る。刀の一閃を容易《たやす》く捌《さば》くグラン。二、三度切り結ぶも全ていなされ「ちっ」とクロは飛び退く。

「――姉さんは王女たちを。わたしは獣人の子と魔法使いの子供をやります」

「気を付けなさい。おそらくその子たち二人はあなたでも手を焼きますよ」

おのおのがこちらに向かい合う。

「マリー様、ミル様……実は私、少々興奮しております」

「え？」

「強い冒険者とこうして相まみえることに……っ！」

瞬間、姿が消えた。

――疾《はや》い！

余裕があった間合いを一瞬で詰められ、ミルの剣とクローエルの剣がかち合う。

剣を受け止めきれず、ミルは後方に飛ばされる。

「くっ」

「やっぱりクローエルさん、冒険者好きなんだね」

「否定はしません」

「でも手加減しないからね！　マインドブレイク！」

吹き飛ばされながらも相手に精神崩壊を起こす禁忌魔法を発動させる。黒い光線がクローエルに向かって飛ぶもあっさりとかわされた。

吹き飛ばされたミルの体は大通りを横切り、向かいの建物の窓ガラスに背中から直撃する。

パリン、と甲高い破砕音と共にミルの体は建物の中まで吹き飛ばされる。

店内は飲食店だったらしく、ミルはテーブルの上で仰向けになっていた。店の壁際《かべぎわ》には客が怯《おび》えたような目でこちらを見ている。

「――っ！」

体勢を立て直す暇もなく、クローエルが割れた窓から侵入、容赦ない一閃をミルへと浴びせかける。

テーブルの上を転がり回避。ミルは近くの椅子を投げつけ隙を作ってから窓を割って再び大通りへ逃げる。

「甘いですよ」

休む暇なく一閃。下がりながらクローエルの猛攻をしのぎ切る。

大きく一歩飛び退き――「スレイブチェーン！」再び鎖を呼び出し拘束を試みる。

――しかし魔法に気を取られすぎた。

「あっ」

瓦礫に足を掬《すく》われ、尻餅をついてしまった。その間にクローエルはあっさりと鎖を斬り飛ばし、一気に肉薄してきた。

「うっ」

がっしりとミルの右腕がクローエルに掴まれた。

「確保しましたよ。ミル様」

「痛っ」

痛みで顔を歪《ゆが》めてしまう。ぎゅっと握られ振りほどけない。クローエルは細腕なのに見た目以上の怪力だ。魔族だからだろうか。

「ミル！」

マリーの大鎌の黒い刃がクローエルを襲う。無理だと悟ったのかクローエルはミルを放し、大きく一歩飛び退いた。

「マリーちゃん、ありがとう」

尻餅をついていたミルはゆっくりと立ち上がる。

「来るわよ！」

遠距離からの魔の一閃、ミルとマリーは横ッ飛びで回避する。

同時に闇の霧が辺りに充満していた。

「なにこれ……！」

「クローエルの技よ。気を付けて！　向こうからはこっちが見えてる！」

霧に包まれたミルに無数の斬撃が襲い掛かる。

「うっ……くぅ」

魔の一閃を細かく撃ち出したような連閃。手や足を浅く切り裂き、こちらの自由を奪って来る。

「ミル！　上！」

霧が晴れると同時に上空から暗い影が落ちる。

大きく空に飛んだクローエルが両手で持った剣を縦一閃に振り下ろす。

魔の一閃とは違う。刃から発生した巨大な闇の三日月が大通りを真っ二つに割った。

土煙が舞い上がり、ミルの視界を奪う。

「っ」

銀の閃光《せんこう》が土煙の中に煌めくのをミルは見逃さなかった。とっさに剣を合わせ、クローエルからの一太刀を流す。クローエルは受け流されるとは思わなかったのか、一瞬だけ隙を見せた。

（いける！）

ミルは一歩飛び退き、手を突き出す。

「ブラストエンド！」

局所爆破魔法。クローエルの眼前で巻き起こった爆発は土煙すら吹き飛ばした。

「やりますね」

軽装の一部が焦げているものの、ほとんどダメージは見受けられない。

(闇魔法耐性だ……)

思い出した。以前クローエルの能力を見た時、パッシブスキルに闇魔法耐性があった。

魔王城の書庫で覚えた魔法は彼女には効かない。

「ミル。案があるわ」

マリーが耳打ちをしてくる。

「あなたは真っすぐクローエルに突っ込んで、なるべく近距離で引き付けて。それと、もしできるなら煙幕とか魔法で出せる?」

「ダークミストなら覚えてるよ」

「じゃあ隙があったら、使って。あたし暗視があるから。その後、あたしがやる」

「うん、わかった」

間を置かず返事をした。暗視があるのは本当だ。前に城で能力を見た時に確認した。

ミルは剣を構えなおす。

「うんって……あたしはいいんだけど、『どうして?』とか聞かないの？『具体的には？』とか」

「だって策があるんでしょ？　なら信じるよ」

と言ってミルは眼前のクローエルに集中する。

「ホント、あなたって子は……。じゃあお願いね」

と言って、マリーは背中の翼を羽ばたかせて飛翔《ひしょう》した。

「クローエルさん行きます！」

「どうぞ、ミル様」

ミルは地を蹴った。

二つの銀がぶつかり合う。

右足、左足。半歩踏み出し間合いを詰める。クローエルに教わった足運びを実践する。

「うまいです。基礎を怠っておりませんね」

クローエルにはまだ余裕がありそうだ。悔しいけれど、剣での戦いでは勝機を見いだせない。――なら。

斬り結びながらミルは魔法を唱える。

「ダークミスト！」

「っ」

一瞬クローエルの表情が歪んだのが見えた。手を突き出さずに唱えたからミルごと暗黒の霧に飲み込まれた。視界が全く見えない。目の前のクローエルの顔すら見えなくなった。

「いい感じよ！　ミル！」

「っ！　マリー様⁉」

ミルと斬り結んでいた剣が引いた。幾度も剣がぶつかり合う音が響く。だがダークミストの影響化の中では何が起こっているかミルにはわからない。

「マリーちゃん！　どこ――きゃっ！」

突風が吹き、ダークミストが払われる。クローエルの魔法だろうか。

視界が晴れると現れたのは、片腕を押さえて肩で息をするクローエルと悠然と大鎌を構えるマリーだった。

「あたし、どれだけ視界を奪われても見えるのよね。目、いいから」

マリーの暗視の能力。暗くてもクローエルの姿を捉えていたらしい。

「マリー様も腕を上げられましたね」

「クローエルに言われて大鎌を使ってからは調子はいいわ。片手剣よりこっちの方がしっくりくるみたい」

と軽々と舞を踊るみたいに大鎌を振り回す。

傷ついたクローエルの傍《そば》に、ユーリアたちと対峙《たいじ》していたグランが吹き飛ばされてきた。

あちらはグランを圧倒しているようだ。

「姉さん、一撃もらったのいつ振り？」

「昔……魔王様にあなたと二人で挑んで敗れた時以来――さすがマリー様です。これならもう一段階本気を出しても――うっかり殺しちゃったりしなさそうですね」

楽しそうにクローエルが嗤《わら》うと二人の周囲に黒い瘴気《しょうき》が発生した。

「魔法……？」

クローエルたちの首元、手足の肌が黒く変わり、白い紋様が浮かび上がる。それとほぼ同時に逆巻く角と翼が大きく伸びた。

「すごい……マリーちゃん！　あれなに!?」

姿が変貌した。人間に近かったクローエルたちの見た目が、一層禍々《まがまが》しくなっていた。

「上位魔族の持つ覚醒の力よ。魔力を瘴気に変えて体内で増幅させてるの」

『覚醒』というパッシブスキルを見た覚えがある。容姿が変貌するなんて思わなかった。

「カッコイイね！」

ミルはワクワクしていた。まるで英雄譚《たん》の最終章に出てくる魔王みたいだ。

「言ってる場合!?　あの状態で勝てる見込みなんて――来るわよ！」

片手剣の一撃をマリーは大鎌で受け止める。翼を使って飛び上がったマリーにクローエルが追撃する。上空でマリーとクローエルがぶつかり合う。高速で飛び回る二人に地上からでは魔法の援護もできない。

「こっちはなんとかする！　ミルは地上を！」

「わかった！」

マリーの声にミルは応え、地上にいるグランを静かに睨《にら》む。

「ユーリアちゃん！　クロ！　援護して！」

「任された！」

「……は、はい！」

ミルはグランに向かって突っ切る。途中、地面に落ちていた瓦礫《がれき》を左手で摑《つか》む。

「王女さま……少々手荒にいきますよ」

グランの細身の剣の間合いギリギリで止まり、ミルは顔目掛けて瓦礫を投げつけた。

「なに……っ」

隙ができた。一気に詰め寄り、下から剣を斬り上げる。

すぐさま斬り払われたが、追撃するようにクロが側面から刀で袈裟《けさ》斬りにする。

「くっ」

さらに崩れたところにユーリアの火球魔法が襲い、グランの服を大きく焦がした。

「なるほど……歴戦の冒険者パーティよりも厄介ですね」

グランが口元をぬぐう。今の一連の攻撃がまるで効いていない。

「きゃあああっ！」

「マリーちゃん！　大丈夫⁉」

空からマリーが降ってきた。どうやら空中戦はクローエルに制されたらしい。

ゆっくりと翼を畳んだクローエルが地上に降りる。

「まだ抵抗なされますか？　大人しく戻っていただくのならこれ以上ケガをすることはございません」

善戦はしている――けど、クローエルたちの方が余力を残している。

もし本気で――殺す気で戦われていたら、こちらはこうして立ってはいなかっただろう。

「クローエルさん……うぅ」

ミルの視界が揺らぐ。足元が一瞬ふらついた。決定的な一撃はもらっていないものの確実にダメージは蓄積している。

グランが細身の剣の切っ先を突きつけ、

「もし後、一年……旅の中で経験を積んだ冒険者になっていたなら、わたしと姉さんでも止められなかったでしょう。王女さま……ご覚悟を――」

グランが地を蹴る直前、クローエルが片手でそれを制止した。

「姉さん？」

「ミル様、こうして冒険してきて何を感じましたか？」

「え……？」

「いろいろなところへ行き、様々な魔物や人と出会ったのでしょう？　それらを見て、旅をする前と今、何か変化はございましたか？」

ミルは首を横に振った。

「私はまだまだドキドキしたい。ユーリアちゃんに会って、クロに会って、マリーちゃんに会って、ずっとドキドキしてた！　冒険は思ってたよりずっと楽しかった！」

「でも障害はあります。四天王だけではなく、冒険の中で自然というあらゆる困難も襲って来る。それに魔王様もまだ諦めたわけではございません。前にミル様が退けた四天王ですら本気を出していたか怪しい」

「クローエルさん……」

「示してください、ミル様。その障害を撥《は》ね除《の》ける力を。本当の本気で」

クローエルは静かに剣を鞘《さや》に収め、抜刀の体勢を取る。

相手がクローエルで、ここが街中だからミルはどうしても頭の中でセーブがかかっていた。本気で剣を振るえなかったのは確かだ。

そしてクローエルが言うように、これからいくつもの障害が冒険の中にある。獣人の里の時のように嫌なこともいくらでも経験するだろう。

楽しいことだけじゃなかった。でも楽しいこともあった。

ユーリアたちと出会えたこと。みんなで一つの目標を達成すること。

――それらを邪魔する者が現れた時、本当の本気で戦わなくてはならない。

（クローエルさん）

ミルは静かに剣を鞘に収めた。

なら見せたい。今の冒険が本当に楽しいってところを。本気だってところを。

刹那の静寂。

同時に互いの剣が空を切り裂く。

「『魔の一閃《いっせん》』」

暗黒の刃の衝突。全身全霊の一撃を技に込めた。クローエルから教わった魔族の剣技だ。

「ダメ……!?」

だがわずかに押されつつある。

付け焼き刃の技では熟練の技には勝てない。いくら本気で撃ってもクローエルの実力が

下がるわけじゃないから――。

とその時、ミルの眼前にウィンドウが開いた。使ってない。女神の巫女《みこ》の力を使ったわけではないのに、突然現れた。そこにはこう書いてあった。

習得：聖魔の一閃

習得条件……魔の一閃を一定回数使う。聖人であること。

習得技だ。確かに冒険に出てから一番使った技は魔の一閃だ。それを使い続けたおかげで条件を達成したみたいだ。

急いでミルは再び剣を鞘に収め、もう一度抜刀する！

「聖魔の一閃！」

魔の一閃と違い、白と黒の二つ刃がクロスしクローエルへ放たれた。

「っ！　まさかミル様……っ」

魔の一閃を打ち消し、両の刃は真っすぐクローエルに直撃した。

「くぅああっ！」

「姉さん！」

吹き飛ばされたクローエルは大通りの真ん中で仰向けに倒れた。

「はぁはぁ……やった」

全力だった。その場でへたりこむくらい力を出し切った。

「ミル様、さすがでございますね」

ゆっくりと体を起こすクローエル。覚醒状態が解けたのか、体表の模様がなくなり、肌の色も元に戻っていた。

「クローエルさん、大丈夫ですか⁉」

駆け寄って彼女を介抱する。

「お優しいのは時に身を滅ぼしますよ。私がここで不意打ちを喰《く》らわせたら、ミル様には避《よ》けることはできませんよ」

「あう……でも」

「どちらにせよ。私の負けでございます。魔王様の命令はミル様の確保——一度腕を掴んだので一時的にでも『確保はした』のでこれで帰ります」

スッと立ち上がったクローエルは服についた土埃《つちぼこり》を手で払った。本気で技を撃ったのだと思うけど、まだまだ余力が残っていそうだ。グランもため息を吐《つ》いて、剣を収めた。

「クローエルさん、どうして私にこんなに協力してくれるんですか？　魔王城の時も今も」

「――しいて言うなら冒険者が懐《なつ》かしかったから、でしょうか」

それはどういう意味だろうか。意味を問う前に、マリーが駆け寄ってきた。

「クローエル！　あの……お父様は？」

「ご心配なされていましたよ。どうなされますか？　このまま帰りますか？」

ふるふるとマリーは首を振る。

「あたし、帰らない！　やっとやりたいこと見つけたの！　ミルと一緒に冒険者になる。それで……いつか冒険が終わって成長したあたしを見せつけてやるんだから！」

「マリーちゃん……っ」

一緒に行ってくれることに嬉《うれ》しさを覚えた。

「よかった」

その一言を聞いてクローエルは微笑《ほほえ》んだ。

「え？」

「マリーさまはずっと、わたしにも魔王様にも本心を告げず心を押し殺しているようでした。やりたいことを何も言わずにずっと」

「そう……だった？」

「きっかけはミル様だったのでございますね」

クローエルと目が合う。背中を押すようなことをしただろうか。ミルは首を傾《かし》げた。

「では、私はこれで……魔王様には一度は腕を摑みはしたものの逃げられたと伝えておきます」

「あっ、クローエル！」

飛び立とうとするクローエルに、マリーは店に置きっぱなしにしていたガルーダの卵を持ってきて手渡した。

「これ！　あたしの力で取ったの！　……ミルにもちょっと手伝ってもらったけど、あたし一人じゃ何もできないわけじゃないから！」

卵を受け取って、クローエルは頷《うなず》く。

「魔王様にはしっかり伝えておきますね。ではミル様、マリー様をよろしくお願いいたします」

深々とお礼をするクローエルに、ミルは「は、はいっ」とちょっと緊張してしまった。

「それと――」と飛び立つ前にぼそりと呟《つぶや》いた。

「これから四天王をはじめとして本気でミル様たちを追撃する輩《やから》が現れると思います。どうかお気をつけて」

黒い翼を広げ、クローエル姉弟《きょうだい》は空の彼方《かなた》へと消えて行った。

――四天王。真っ先によぎったのは獣人の里であった。

あんな非情な人がまたやってきたら、今度は命を賭《と》して戦わないといけない。

二人の魔族が見えなくなるまで空を仰いで見送っていると、

「み、ミルさん！　そ、それどうしたんですか⁉」

「え？」

頭を触ると角のようなものがぽっこりと生えていた。デーモン族の角みたいなものが確かに頭にある。どこかゴツゴツしていて、前にグランのを触った時より触り心地が悪い。

「魔族化ね。あんた書庫にあった魔法を使ってたでしょ」

マリーがミルの角に触れながら口を開く。

「あの魔法ね、人間が使い続けると魔族の瘴気《しょうき》を体にため込み続けるの。大抵は時間が経過すれば瘴気は勝手に排出されるけど、短期間で何度も使うと魔族の因子が体に表れるわ」

「あわわ……ミルさん大丈夫ですか？」

ミルの変化に動揺するユーリア。近くではクロも心配そうな眼差《まなざ》しをこちらに向けていた。

ミルは右手で変化した角をさすりながら——。

「す……」

「す？」

「すごい！　私、魔族みたいになってる！　ねぇねぇもしかしたら羽も生えてくる？　マリーちゃんみたいに飛べる⁉」

めちゃくちゃ興奮していた。触るだけでも満足したけど、実際に生えてきたら嬉しく思う。

「待ってミル。多分しばらく禁忌魔法を使わないなら変化は戻るはず。けどそれでも使い続けたら変化だけじゃ済まないかも」

「ど、どうなるんです……」

震えるユーリアの声音にマリーが息を吐いて、

「最悪、瘴気に体が耐え切れず死ぬかも」

「っ！　だ、ダメですよ！　ミルさん！　しばらく魔法控えましょう！　ねっ！」

「うーん、死にたくないけど、これも惜しいなぁ」

「ダメです！　使うのは禁止です！」

本気で心配してそうだ。あんまり反抗するとユーリアが怒ってしまいそうだ。仕方ないけど元に戻るまで控えることにした。

「おい、あんまり悠長にしてる暇ないかもしれないぞ」

「あ……誰か来ますね。衛士隊？」

大通りの奥から鎧《よろい》に身を包んだ兵士が十人ほどこちらに向かって走ってきていた。街の衛士隊だ。この騒ぎを聞きつけやってきたのだろう。

「魔王の娘とは誰のことだ。先ほど通報があったが」「この惨状、魔族が暴れたのか、む……貴様、魔族か？」

衛士たちがこちらを見つけるとゆっくり近寄って来る。もしマリーが魔王の娘だとバレたら拘留は免《まぬが》れられない。

「逃げるわよ！」

マリーの一言に、ミルたちは即座に反応。

「あっ待て！」

衛士たちは追いかけてくるが、そもそも装備の軽さが違う。すぐに撒《ま》けそうだ。けどい

いのかな？　と疑問に思っていると、

「あなたも王女なんでしょ？　ここで捕まったら不都合なんじゃない？」

「あっそうだった。マリーちゃん、そこまで考えてたの？」

「ふん」

なんだかんだで優しい。どこかツンツンしているけど、マリーはちゃんと人のことを考えてる。

そんなマリーの手をミルは不意に摑《つか》んだ。

「な、なにするのよ」

照れるマリーの腕をミルはぎゅっと抱きしめた。

「これからよろしくね！」

心強くて心優しい友達ができた。

――それから城塞都市アルグラムで『魔王の娘がギルドを潰しに来た』という噂《うわさ》が流れ、とある依頼書が張り出されるようになるのはまた別の話……。

エピローグ

「ただいま戻りました。魔王様」

玉座に鎮座する魔王に対し、クローエルとグランは跪《ひざまず》き、頭《こうべ》を垂れた。

片肘をついた魔王は深々とため息を吐いた。

「……報告を聞こうか」

「さすがわたしが手ほどきしただけありました。ミル様の剣技はこの短い冒険の中でより一層磨きがかかったようで――」

「姉さん……ちょっと」

クローエルは短く咳払《せきばら》いをし、

「――失礼いたしました。ミル様追跡の件ですが、城塞都市アルグラムにおいて善戦いたしましたが、取り逃がしてしまいました。以上でございます」

「…………」

魔王は眉間に手を当てて力なく首を振っていた。

「魔王様の命令の通りのことはしましたよ。一度ミル様の腕を掴んで『確保』しましたから」

「申し訳ございません！　わたしがついていながら！」

失望を隠そうとしない魔王にグランは深々と頭を下げる。

「……クローエルよ」

「はっ」

「お前がミルに肩入れする理由はなんだ？　境遇に対する同情か？　申してみよ」

「……魔王様。わたしの念頭にあるのはいつもただ一つ。魔王軍の秩序と繁栄でございます」

「ミルの確保はそれには及ばないと？」

「魔王様、差し出がましいことを申し上げますが、各地諸侯の動向はご存じでしょうか？」

「知っておる。我が直下の四天王のみならず、虎視眈々《こしたんたん》とこの魔王の座を狙っておることもな」

魔王領には各地に土地を治める諸侯魔族がいる。広い領地と多くの戦力を有している諸侯魔族は表向きは魔王に平伏《ひれふ》しているが、その実、腹の中では魔王に取って代わろうとする野望を秘めた魔族も多い。

「此度《こたび》のミル様拉致の件は諸侯魔族によるクーデターを憂慮しての自軍の強化でございましょう？　ならば目的はすでに達成されているのではございませんか？」

――魔王によるミルの拉致。

女神の巫女《みこ》の力によるスキルの開花はすでに魔王軍のほぼ全ての兵にされてきた。中には開花に至らない兵もいたが、それは実力が足りなかっただけのことだ。

「ならこのままミルを逃がした方が都合がよいと？」

「ミル様の力を利用されるのではと申しております」

「……諸侯にか？」

「いえ、四天王にでございます」

――魔王直属の四天王も例外ではない。四天王が魔王に従っているのは、まだ魔王の方が四天王よりも強いからだ。

魔族は縦社会である。実力がある者が上に行き、弱い者が下に付く。

魔王に従っているのは力による優劣があるからにすぎない。

もしミルの女神の巫女の力をその手にしたなら力関係は逆転し、四天王は魔王に反旗を翻《ひるがえ》しかねない。

「クローエル。お前はその可能性が高いと見るか？」

「低いと見るのは楽観的であると思います」

手元に置いておくよりも外に出した方が利用されずに済む。ミルはこの魔王軍にとっての起爆剤となりかねない存在だ。

「だが逆に言えばミルさえ確保しておけば反逆は万に一つも起きん」

「魔王様」

「黙れ、これは命令だ。ミルを連れ戻せ。四天王にもそう伝えろ」

「四天王にも……ですか？」

「そうだ。そしてお前たちは四天王の動向を探れ。ミルを手中に収めんとする者は反逆罪に問う。これは見せしめになる。我の威光を示すためのな」

ミルを利用し内部の粛清をする。確かにクーデターを望む四天王がいればあぶり出すことはできるかもしれない。

だがそれは諸刃《もろは》の剣《つるぎ》だ。四天王や諸侯魔族がどこまで準備をしているか、こちらからは想像の域を超えない。

それでも魔王の命令ならば従う他ない。それが主君の命令ならば。

「かしこまりました」

クローエルとグランは胸に手を当て敬礼をした。

——玉座の間の扉の前。

ローブに身を包んだオーガが鋭い牙をむき出しにしていた。

「なるほど……これはチャンスと見るべきでしょうな。他の四天王の反逆の証拠を摑めば私が魔王様の右腕に——そうなるといずれ魔王様が没した時、自然とその座は——」

不敵な笑みを浮かべ、ローブに身を包んだオーガ——グルードは静かにその場を去った。

◇

「お魚さん、速いはやーいっ！」

東の湖には魚のヌシがいると聞いてやってきたのだが、想像以上にでかかった。人間なんて丸呑《まるの》みするくらいの魔物級のヌシだ。

ミルは釣ったヌシの背中に乗り、湖を泳ぎまわっていた。

「ミルさん！　あ、危ないですよ……っ」

湖の縁からユーリアが心配の声を上げていた。と言われても止める気はない。水の中をスイスイ泳いでいく解放感は気持ちがいい。ちょっと水圧が痛いのはご愛敬《あいきょう》だ。

「ミル、楽しそうだな。マリーも乗るか？」

「あたしはいいわよ！　それよりいいの？　魚焦げちゃうけど」

陸にいる三人は焚火《たきび》を囲んで、それまでに釣った魚を焼いて食べていた。もちろんミルの分もあるけど、食べる前にヌシを釣っちゃったから、食欲より優先して背中に乗っているのだった。

——城塞都市から数日。マリーの言う通り、禁忌魔法をしばらく控えていたらミルの体は元に戻った。ちょっと残念な気がするけど、ユーリアを心配させたくない。必要な時以外は基本使わないようにしないといけない。

「気持ちいい～。あれ？」

魚が湖に沈む時——深い底の方にぽっかりと大きな横穴が開いているのが見えた。洞窟だ。湖の底に洞窟がある。

ミルは魚を手放して、ユーリアたちの元へ戻っていく。

「ミル、もういいのか？」

「うん！　それより聞いて！　湖の底に洞窟があったよ」

ワクワクウキウキした感情を抑えきれない。もしかすると洞窟の先には宝があるかもしれない。冒険者ならこれを見逃す手はない。

と興奮しているミルにタオルが投げ込まれた。マリーからだ。

「先に体拭きなさい。風邪ひくわよ」

「ありがとう！　へくちっ」

冷たい風が吹いてきて急に体が冷えた。思わずくしゃみが出てしまう。

「大丈夫ですか？　ミルさん。服乾かします？」

「そうだねー、お魚まだある？」

濡《ぬ》れた服をユーリアに脱がされながら、焚火を前にちょこんと座りこむ。

「焦げそうだが、まだあるぞ——それより洞窟って広そうか？」

「うーんわかんない」

「横穴ってだけなんじゃない？　ミル、あなた魚の上から見ただけでしょ？」

マリーに突っ込まれ、確かにと思った。けどここで諦めたらそれこそ勿体《もったい》ない。

「洞窟かもしれないから行こう！　ユーリアちゃん、水中を泳げるような魔法ってある？」

魚にかぶりつきながら訊《たず》ねる。

「え～と、シャボンに体を包んで水中を移動できる魔法なら……」

「よし決まり！」

魚を食べきり、すっくと立ち上がる。

「ちょっと待って！　凶暴な水中の魔物がいたらどうすんの？　さすがに水の中じゃロクに戦えないわよ？」

「大丈夫！　その時は逃げればいいから！」

「はぁ、全く……」と呆《あき》れてため息を吐《つ》くマリー。「一度言い出したら聞かないぞ、ミルは」とクロは賛成してくれていた。

「じゃあ行きますね。シャボンバリア！」

ゆっくりとミルたちの全身を包むシャボンが形成され、そのまま湖に飛び込む。

――これからどんな冒険が待っているのか。

もしかしたら挫折や苦悩もあるかもしれない。

でもようやくここに来れた。

城の中から見ているだけだった空想の世界にようやく来れた。

だからもうちょっとだけ。

寄り道してもいいよね。

あとがき

初めまして、もしくはお久しぶりです。最近カフェオレを飲み過ぎて糖質のことが気になり始めている永松洸志《ながまつひろし》です。

まずは本作をお手に取っていただきありがとうございます。『魔王《まおう》にさらわれた聖王女《せいおうじょ》ですが、魔王城《まおうじょう》ぐらしがヒマだったので禁忌魔法《きんきまほう》で暴《あば》れます。』いかがだったでしょうか？

魔王にさらわれた王女様がうっかり魔王城にあった禁忌魔法やら魔剣やらを、覚えたり手に入れたりして暴れ回るお話――なんてコンセプトだけ切り取るとなかなか物騒ですね。

実際は王女様が実家に帰るというなんともあっさりしたコンセプトになってます。

話は変わりますが、僕はテレビゲームが好きです。

いや突然、何を言っているんだ？　というツッコミは一旦脇に置いて……。

特にＲＰＧというジャンルが好きでドラゴンの名を持つ某有名ＲＰＧは特に大好きです。

子供の頃から何度もプレイしていて、今でもたまにプレイしたり、新作が出ると必ずチェックしています。

そういう王道RPGをいくつもプレイしていてこの作品の発想に至りました。

「さらわれた王女様が魔王城で物品を奪って出て行ったらおもしろくね？」という感じで無事ミルちゃんが生まれました。

奪った魔法や武器で魔王城の兵たちをぼこぼこにしながら出ていくミルちゃん——字面《じづら》だけ見ると魔王軍と王女様のどちらが悪者かわからないですね。

さらった魔王側にも非があるわけですし、まあ良《い》いということで……。

とにかくミルちゃんが生まれたのはRPGのおかげなのですが、RPGというと仲間の存在が大きいですね。

最初の仲間は最後まで一緒にいることが多いですし、頼れる相棒になったりします。

本作でも最初の仲間はミルちゃんにとって初めて城の外でできた友達になります。しかもミルちゃんに負けず劣らず強いというおまけ付きです。

和気あいあいと凶悪な魔物を狩る女の子パーティ——やっぱり字面が怖いと思うのは僕だけでしょうか。

——RPGのお約束をちょっと破った作品くらいに思ってくれたら本望です。はい。

RPGのお約束というと、物語の始まりは王様の前だったり、最初の街だったりと人間の住むところから始まることが多いです。

いきなりラストダンジョンである魔王城から始まる冒険というのも、そのお約束をちょっと破っていたりします。

普通は王都から魔王城へ冒険に行き、魔王を倒すような王道も、この作品では逆に魔王城から王都を目指して帰宅したり……ちょこちょこお約束を破っています。

そんなところにちょっとでもクスリと笑ったり、楽しいと思っていただけたら僕としては作家冥利《みょうり》に尽きます。

また話は変わるのですが、僕が作家を目指したきっかけもRPGのゲームでした。ドラゴンの名を持つ某有名RPGのことではないのですが、そのRPGのシナリオが面白くて二次創作的なものを夜な夜なベッドの中でメモ帳に書いていたりして、楽しんでいました。

あのRPGがなければ今こうして小説を書いていたりはしなかったかもしれませんし、なっていたかもしれません。

みなさんは自身に影響を与えるような作品には出会えているでしょうか？

小説のみならずあらゆるエンターテインメントには人の人生を変える力があったりします。それはとても素晴らしいことで自分もそういう作品を書いてみたいな、なんて——。

……なんだかマジメな話ばかりになって書いていて恥ずかしくなりましたので、ここから僕が愛してやまないカフェオレの話をします。

僕はドリップした本格的なカフェオレはあまり飲まず、基本的には缶やカップのカフェオレを嗜《たしな》んでおります。理由は手軽だし、すぐ飲めるからですね。

僕がカフェオレ好きになってからもう十年以上――あ、もうページが足りなくなってきたのでこの話はまたの機会にさせていただきます。

それでは改めて謝辞を。

まず本書を手に取っていただいた読者のみな様に感謝を申し上げます。少しでも楽しいと思っていただけたらそれだけで僕は嬉《うれ》しくなります。

そしてイラストを描いてくださった希望《のぞみ》つばめ様、かわいらしくも強そうなミルちゃんを見られて僕は興奮いたしました。

そして担当編集様、いつもありがとうございます。お電話での打ち合わせの時にいつもくれるアドバイスに僕は助けられています。とても良い担当編集様に出会えて僕は幸せです。

この本の制作に関わった様々な方々にも感謝を申し上げます。

ではまたいずれ、どこかでお会いしましょう。

永松洸志

富士見ファンタジア文庫

魔王《まおう》にさらわれた聖王女《せいおうじょ》ですが、
魔王城《まおうじょう》ぐらしがヒマだったので禁忌《きんき》魔法《まほう》で暴《あば》れます。

令和5年2月20日　初版発行

著者——永松洸志《ながまつひろし》

発行者——山下直久

発　行——株式会社KADOKAWA
〒102-8177
東京都千代田区富士見2-13-3
0570-002-301（ナビダイヤル）

印刷所——株式会社暁印刷

製本所——本間製本株式会社

※定価はカバーに表示してあります。
●お問い合わせ
https://www.kadokawa.co.jp/（「お問い合わせ」へお進みください）
※内容によっては、お答えできない場合があります。
※サポートは日本国内のみとさせていただきます。
※Japanese text only

ISBN978-4-04-074877-1 C0193　◇◇◇

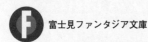

この少年
すべてが
天上優夜《てんじょうゆうや》
異世界でレベルアップした結果、最強の身体能力を手に入れた少年
シリーズ好評発売中！